mundo estranho

MUNDOS PARALELOS

mundo estranho

MUNDOS PARALELOS

10 CONTOS ALÉM DA IMAGINAÇÃO PELOS ESCRITORES-FENÔMENOS DO WATTPAD BRASIL

Rô Mierling — Felipe Sali — Lilian Carmine — Aimee Oliveira
Clara Savelli — Marcus Barcelos — Juliana Parrini
Thati Machado — Mila Wander — Chris Salles

SUMÁRIO

INTRO-DUÇÃO

Ninguém sabe ao certo de onde virá o próximo fenômeno literário. Quem diria, por exemplo, que o livro escrito por uma senhora dentro de um café escuro e empoeirado de Edimburgo, na Escócia, seria aquele que definiria o futuro da literatura infantojuvenil? Pois foi exatamente o que aconteceu quando J.K. Rowling lançou o primeiro romance de Harry Potter, em 1997. Mais tarde, quando todo mundo estava ocupado procurando "o novo Harry Potter", a história de amor entre um vampiro bonzinho voava das livrarias direto para as mãos de milhões de leitores ávidos. Quando você pensa que já viu de tudo, surge uma trilogia sobre sadomasoquismo – criada originalmente como uma fanfic daquele romance com o vampiro bonzinho – e quebra todos os recordes.

O meio literário é imprevisível, mas permite alguns palpites. Não são poucos aqueles que apostam na internet para revelar o próximo grande livro. O que faz todo sentido. Cada vez mais autores, iniciantes ou não, estão publicando online e testando novas ideias e histórias.

É aqui que o Wattpad entra.

O Wattpad é uma plataforma de leitura online. Um híbrido de livro com rede social, que permite que qualquer um publique ou leia o que outros estão escrevendo. Além disso, é possível votar nos seus capítulos preferidos, comentar em trechos específicos e mandar mensagens ao autor. Com uma resposta tão direta do público, ficou muito mais fácil – e rápido – afiar o texto.

Logo, a plataforma criou sua própria constelação de autores em ascensão. Usando as redes sociais como única ferramenta de divulgação e escrevendo basicamente sobre o que gostariam de ler, esses jovens movimentam uma legião de fãs que os acompanha em eventos e os coloca no mesmo patamar que qualquer outro escritor publicado tradicionalmente. Isso sem que esses autores nunca tenham aparecido na TV. (Aliás, a maioria deles nem ao menos assiste TV.)

Lá fora, nós já temos a primeira best-seller criada no Wattpad. Anna Todd, autora de *After*, nasceu e cresceu no Texas, onde trabalhava como vendedora em lojas de maquiagem e usava o seu tempo livre para escrever no seu smartphone. O longa-metragem baseado na sua obra está sendo produzido por um grande estúdio.

Neste livro, reunimos alguns dos brasileiros que estão seguindo pelo mesmo caminho. Gente que está usando o Wattpad para dar seus primeiros passos na profissão, ampliando sua experiência, acumulando leitores e dividindo histórias. E são esses talentos, selecionados pela MUNDO ESTRANHO, que você conhecerá nas próximas páginas.

Encontramos desde autores de horror, como Marcus Barcelos, até aqueles que fizeram sua fama discorrendo sobre as agruras de ser adolescente, como Aimee Oliveira. E o que dizer da Lilian Carmine, que, através do Wattpad, chamou a atenção da gigante editorial americana Random House? Um detalhe curioso: o livro da Lilian publicado no Brasil é, na verdade, a versão traduzida do que foi publicado nos EUA meses antes, já que a editora precisou negociar diretamente com os seus representantes de fora do país.

Para criar um ambiente em que mentes criativas tão diferentes pudessem dialogar entre si, pensamos logo nas séries de TV clássicas, como *Além da Imaginação*, *Amazing Stories* e a recente *Black Mirror*, em que cada episódio conta uma história independente sobre algum fenômeno fascinante. No nosso caso, a proposta é que cada autor bolasse um mundo semelhante ao nosso – mas com uma única diferença significativa, que impactasse a vida dos personagens e servisse de fio condutor à trama.

E eles deram um show. Alguns contos exploram a fantasia, outros falam sobre tecnologias dignas da ficção científica, muitos flertaram com a distopia. Todos vão te levar para realidades paralelas ou futuros emocionantes.

Você pode ser um curioso tentando compreender o que o Wattpad tem de tão especial para manter jovens lendo por horas a fio. Estes dez contos vão ajudá-lo a entender. Se você já é um fã da plataforma, nem preciso dizer que provavelmente vai gostar do que encontrará a seguir. Mas, acima de tudo, este é um livro para quem está simplesmente procurando por boas histórias. É isso que importa. No final, o modo como ele é publicado não faz tanta diferença assim.

Felipe Sali

CAÇA E CAÇADOR

RÔ MIERLING

AFINAL, “LIMPAR” A SOCIEDADE ERA SUA FUNÇÃO, NASCEU PARA ISSO, SENTIA QUE FAZIA ALGO PRÓSPERO DIA A DIA QUANDO ELIMINAVA INDIVÍDUOS FRACOS

I

Ele chegou em casa e foi direto ao banheiro. Estava cansado, precisava de um banho urgente.

Encarou o seu reflexo no espelho. Seus olhos de um azul profundo tinham um brilho frio. Ele não sabia bem por que dessa frieza em seu olhar. Era um homem calmo, tranquilo. Era como se algo dentro dele expressasse um ser estranho, frio, calculista e perigoso.

Ele tirou os sapatos e percebeu que entre a luva da mão esquerda e a manga da sua blusa existia uma linha vermelha, exata e delineada, como se fosse uma pulseira em seu braço. Tirou as luvas, a camisa, a calça e ficou contemplando a linha vermelha em seu braço. Era sangue, sem dúvida. Um sangue novo e pulsante. Ele raramente chegava com sangue em casa. Luvas, roupa adequada e demais cuidados eram necessários para que não ficasse sujo logo no primeiro serviço do dia. Certificar-se de que a caça seria abatida definitivamente no primeiro tiro era prioridade para Mark. Mas ali estava ele com sangue no braço.

Tentou se lembrar de qual das caças podia ser o sangue: a senhora no final do beco, a grávida escondida embaixo da cama ou o menino que corria mais que um coelho assustado? Ele não soube dizer.

Mark entrou no chuveiro frio, tirando de si o suor de um dia de trabalho e se preparando ansioso para seu encontro com Helen.

II

Horas depois ele já estava sentado em um belo e aconchegante restaurante, tendo à sua frente a linda e elegante Helen. Ela era ruiva, com lindos olhos verdes. Não muito alta, nem muito magra. Trabalhava como enfermeira no principal hospital da cidade. Nesse dia, estavam fazendo 6 meses de namoro, e a aliança guardada no bolso de Mark comprovava que as intenções dele eram para um relacionamento duradouro.

Mark era um rapaz alto, musculoso, com olhos azuis e cabelos pretos.

Tinha um sorriso leve nos lábios, mas na grande parte do tempo guardava uma seriedade que a alguns encantava e a outros assustava. Ele trabalhava para o governo no Setor de Limpeza Social e Genética. Com seus 28 anos, já estava em excelente posição dentro do setor governamental para o qual prestava serviços de segunda a sexta, das 8h às 19h. Já se iam seis anos de trabalho, muitas limpezas feitas, medalhas ganhas e vários prêmios por produção.

Devido a seu alto salário, Mark já tinha seu próprio apartamento, seu carro e um casamento era o que faltava para ter uma família em breve, seu sonho desde menino. Muito por causa da família onde cresceu, com pais afetuosos que permanecem juntos até hoje, alimentou dentro de si o ideal de uma família segura, feliz e tranquila. E Helen seria a peça-chave para a realização de seu sonho.

III

O ano era 2166 e graças ao cientista, biomédico e geneticista Johann Wolf o mundo tinha acesso a diversos conhecimentos, inclusive à definição de positividade ou negatividade no DNA humano. Através de um simples exame feito no recém-nascido, era possível saber se o DNA de uma pessoa trazia problemas de saúde, atuais ou futuros, problemas de oscilações psicológicas ou mesmo tendência para fraco desenvolvimento. Com esse exame o governo podia saber se a pessoa teria câncer, por exemplo, se teria retardo mental, se seria um psicopata ou similar. A esses, com sinais considerados negativos no DNA, o governo imputava uma marca designada, "DNAFC" – DNA Fraco. Aos indivíduos em que o teste não indicava nenhuma negatividade imputava-se a marca "DNAFT" – DNA Forte. Era lei, aprovada e consagrada e apesar de alguns movimentos contra a limpeza social e genética todos viviam dentro das normas e da realidade que esses testes criaram.

O teste era feito em todos os bebês assim que nasciam. Todos recebiam um microchip subcutâneo e nele constava DNAFC ou DNAFT. Aos "Fortes" dava-se um microchip atestando um DNA Forte, positivo e promissor. Aos "Fracos", um microchip que atestava sua "fraqueza". Os microchips ficavam sempre na parte interna dos punhos. Aos Fracos era dada a oportunidade de viver com seus pais ou responsáveis até completarem a idade de 10 anos, como uma forma de tolerância para que a criança pudesse provar que podia desenvolver habilidades especiais, como uma genialidade em alguma área, um dom musical ou similar. Se assim fosse, era trocado seu microchip para outro com um adendo de tolerância pelo resto de sua vida. Assim, mesmo que essa criança se transformasse em um homem ou mulher doente, com necessidades especiais ou problemas psicológicos, teria uma compensação a oferecer para a sociedade. Se a criança, chegando aos 10 anos, não apresentasse nenhuma habilidade especial, passaria a ser considerada "Caça".

Dentro do governo havia um setor específico de funcionários designados a eliminar as Caças. Eles tinham como função profissional passar o dia andando pela cidade, entrando em casas, escolas ou qualquer outro lugar à procura de Caças. Encontrando algum suspeito, bastava aproximar o aparelho detector e descobrir se estava em frente a um Fraco ou Forte. Se fosse Fraco, poderia ser eliminado no mesmo instante da forma mais limpa e piedosa possível, o que nem sempre era feito. Esses funcionários eram chamados de Caçadores. No final do dia, os Caçadores se reuniam em salas do governo para dar baixa na produção de limpeza social e genética que tinham feito no dia. Teoricamente, era produtivo, satisfatório e benéfico para toda a sociedade, em que defendiam que cada vez mais as doenças e as problemáticas sociais eram eliminados de forma gradual.

Alguns Caçadores disputavam entre si para saber quem mais limpava dia a dia, e uns chegavam a retirar a pele da Caça no local onde ficava o microchip, guardando esses "troféus" em caixas vermelhas específicas que cabiam na palma de uma mão. E em noites de festas Caçadores mostravam aos amigos a quantidade imensa de caixas que tinham em seus armários de prestígio. Era uma prova de seu serviço social bem-feito.

IV

Mark era um Caçador, e Helen sentia muito orgulho dele. Ele representava um agente governamental que se preocupava com o futuro da sociedade.

E, quando ele, no meio do jantar, puxou do bolso a caixinha com um lindo anel, ela não segurou as lágrimas e em prantos aceitou o pedido.

Helen era filha de um casal muito simples. Trabalhadores rurais que sempre fizeram de tudo para que a filha tivesse o melhor estudo e as melhores possibilidades. Ela frequentou boas escolas e se formou com mérito. Agora, dentro do hospital em que trabalhava, estava ansiosa pelo cargo de enfermeira-chefe. A vida lhe sorria e ela sorria para Mark.

– Sim, amor, eu aceito! É claro que eu aceito!

–Você me fará o homem mais feliz deste mundo – disse Mark.

– Seremos o casal mais feliz – concordou Helen.

Nada podia dar errado, era uma sociedade "limpa", um casal Forte, com um futuro inteiro pela frente.

V

O casamento foi lindo. Uma festa gigantesca com muitos convidados e familiares. Helen estava tão feliz, tão radiante. Mark via na festa a coroação de seus projetos. Agora teria uma família. Recebeu uma semana de folga no trabalho e de certa forma nessas noites ele dormiu mais tranquilo. Já não tinha sentimentos sombrios e não acordou sobressaltado nenhuma vez nessa semana. Na véspera do casamento, ele deveria estar nervoso, sono agitado, mas não estava. Dormia como uma criança. Quem sabe, precisava tirar férias mais vezes. Tanto tempo naquele emprego e só tirou férias uma única vez. Afinal, "limpar" a sociedade era sua função, nasceu para isso, sentia que fazia algo próspero dia a dia quando eliminava indivíduos Fracos. Mas por que sentia paz quando ficava longe do trabalho? Impossível explicar.

VI

Dois anos se passaram desde o casamento e Helen e Mark eram felizes. Muito felizes. Mark trocou seu apartamento por uma linda casa com três grandes quartos e um belo jardim. Tinham um cachorro querido e Helen tinha sido promovida a chefe de enfermagem. Mark não guardava troféus de suas caças, porque se assim o fizesse seriam armários e mais armários para guardá-los. Mas, na sua mente à noite, no escuro, ele se lembrava de cada Fraco que tinha sido eliminado. Crianças, idosos, mulheres e mesmo homens. Às vezes, famílias inteiras. Todos voltavam para assombrar os sonhos de Mark, fazendo com que o brilho dos seus olhos fosse cada dia mais frio e que suas tensões do dia a dia aumentassem como que concorrendo com a felicidade que ele sentia em estar casado e ser um bom funcionário.

– Se sei que faço o bem, por que me sinto assim? – pensamentos como esse pairavam na mente de Mark, algumas vezes, apenas algumas vezes, pois em outras ele apenas cumpria sua função. Sempre verificando se a Caça tinha realmente sido abatida, testando possíveis últimas pulsações. O serviço precisava ser limpo, bem feito, sem chances de perpetuar as fraquezas da raça humana.

Em uma segunda-feira, Helen acordou indisposta, não foi trabalhar. Mark ficou preocupado e tentou voltar cedo do trabalho. Ela já tinha vomitado duas vezes. Resolveram fazer um teste rápido de gravidez e deu positivo. A alegria era suprema. Teriam um filho, uma criança para correr pelos corredores daquela casa, sorrir alto, brincar com o cachorro e fazer deles uma verdadeira família.

Foi uma gravidez tranquila, com amigos e familiares mimando Helen ao máximo, que trabalhou só até seu quinto mês de gestação. Decoraram o quarto da menina que iria vir. Sim, outro teste mostrou que era uma linda menina. Se chamaria JonBenét. O nome raro vinha de um retrato que Helen tinha arrematado em um leilão de fotos antigas. A fotografia com o nome JonBenét escrito nela representava uma menina americana que tinha lindos cabelos loiro-avermelhados e olhos profundamente azuis. Helen viu a foto antiga, de mais de um século atrás, e se apaixonou. Queria que sua menina fosse assim, serena, linda e expressiva. E o nome foi escolhido.

Perto do dia agendado para que o nascimento acontecesse, Helen e Mark foram para o hospital. Acharam melhor esperar hospedados por lá. Se acomodaram numa bela suíte, presente do governo para um de seus melhores Caçadores. O parto foi rápido. Nasceu uma menina linda, com excelente peso e tamanho. O seu choro potente ecoou nos corredores e o coração de Helen mal conseguia administrar as batidas aceleradas de seu coração. Ela chorava, ria, ansiosa para ter sua menina em seus braços enquanto Mark se enchia de orgulho. Seria uma menina guerreira, ele iria levá-la a todos os lugares, ensinar as coisas da vida para ela, passear com ela, brincar com ela. Seriam pai, mãe e filha, impossível maior realização.

– Onde ela está? – perguntou Helen.

– Levaram para limpar e fazer os testes, em minutos estará aqui – disse Mark sorrindo e beijando a testa de sua esposa.

Minutos depois, a enfermeira, amiga de Helen, voltou ao quarto com uma sombra no olhar:

– Preciso conversar com vocês.

– O que houve? Ela está bem? Onde está a minha menina? – Helen perguntou.

– Bom, já traremos sua menina, Helen, mas é que...

– Fala logo, Sarah. O que houve? Onde ela está?

– O DNA, Helen...

– O que tem o DNA? Que brincadeira é essa? Não faz isso comigo...

– Ela atestou DNA Fraco, eu lamento.

Mark se levantou da cadeira, derrubando-a num estrondo dentro do quarto:

– Impossível, refaça!

– Fizemos três vezes o teste. Eu lamento, não sei como explicar, vocês dois são DNAFT... É geneticamente impossível depois de tudo que nossos cientistas fizeram, depois dos avanços, não se pode...

– REFAÇA! DE NOVO, E DE NOVO E QUANTAS VEZES FOREM NECESSÁRIAS! – era possível enxergar as veias na testa de Mark enquanto ele gritava.

Helen não conseguia compreender o que estava escutando, como podia ser, como sua menina podia ser DNAFC se os genes dela e de Mark eram perfeitos, fortes, aptos.

Sarah tentou argumentar, mas Mark a pegou violentamente pelo braço e a arrastou para fora do quarto.

– Exijo falar com um médico, AGORA!

Sarah se retirou pelo corredor afora e rapidamente dois médicos apareceram e se reuniram com Mark na sala privada.

Seguiu-se mais de uma hora de argumentos e desespero, até que enfim um dos médicos sugeriu testar o DNA de ambos, de Mark e de Helen, já que os microchips deles atestavam DNA Forte e a menina era incontestavelmente DNA Fraco.

Diversos exames foram feitos. Eles eram os pais biológicos da menina, mas...

... O DNA de Helen era fraco.

Eles não sabiam como, mas, apesar de portar um microchip de DNAFT, o seu exame berrou todos os defeitos de Helen. Inclusive com predisposição para um tipo agressivo de câncer.

Mark tremia sentado na cadeira, tamborilando na mesa, com seus nós dos dedos quase roxos de tanta pressão. Ele não falava, só tremia e negava com a cabeça. Isso não podia estar acontecendo. Ela era Helen, sua princesa, sua vida, seu motivo de sorrir todo final de dia, ela não podia ser uma Caça. Não podia, algo devia estar errado. Ela tinha o microchip que provava a sua perfeição.

– Quem sabe houve um erro no dia do nascimento de Helen? – um dos médicos perguntou, sussurrando.

– Que tipo de erro? – perguntou Mark elevando a voz.

– Não sei, Mark, sinceramente não sei – ele tirou os óculos do rosto e os limpou usando o próprio jaleco. Suspirou demoradamente. – Mas você sabe o que deve ser feito.

A mão de Mark voou na garganta do médico, pressionando-o contra a parede e lançando o olhar que treinou durante anos para amedrontar as suas caças.

– NADA SERÁ FEITO! – disse. –Vamos abafar isso, vamos dar um jeito, eu posso...

– Não, Mark. Não podemos fazer nada – respondeu, mal conseguindo respirar. – Eles vão descobrir, várias pessoas participaram dos testes, ouviram as discussões, não conseguiremos abafar isso. Devemos entregar Helen para que alguém, quem sabe um Caçador desconhecido, sem dor, eu, eu não sei.

Mark o soltou.

–Você não sabe de nada, ela é minha vida. É uma mulher inteligente, boa, produtiva... Como vocês não podem ver isso?

– Mas, Mark, você sabe como funciona o sistema melhor do que ninguém. Você é um Caçador, pelo amor de Deus! Ela é FRACA! Ela não pode continuar vivendo, irá contaminar nossa sociedade.

– Seu porco imundo – Mark socou o médico na garganta, onde fica o pomo de adão. Onde sabia que doía mais. Saiu da sala e foi ao encontro de Helen.

Quando entrou no quarto, todos estavam em silêncio. E Helen ali, sem entender o que estava acontecendo, acompanhada de seus pais e alguns poucos amigos.

– Eu gostaria que todos saíssem do quarto, menos a senhora e o senhor – disse Mark se dirigindo aos pais de Helen.

Com a saída de todos os amigos, os presentes se sentaram, e Mark contou a Helen o que estava acontecendo.

Ele acompanhou o semblante da sua esposa ir de confuso a desesperado.

– Não sei dizer mais nada além disso, querida. Mas o fato é que seu DNA é fraco – Mark lançou um olhar cruel para os pais de Helen e ambos não conseguiram sustentar por muito tempo. – Quem sabe seus pais possam nos explicar.

A mãe de Helen abaixou a cabeça e desatou a falar, em voz muito baixa. Pouco a pouco, revelou todos os detalhes que escondeu por anos. Contou sobre o casal que encontrou uma bebê abandonada na porta da sua casa, provavelmente por uma DNAFC sem condições de criá-la. Contou sobre como o casal levou a criança para casa e pensou em maneiras de adotá-la. Contou sobre os subornos, as súplicas e como convenceram um grupo de médicos a registrar a criança como uma DNAFT. Contou, ainda, sobre as suas esperanças inocentes de que, uma vez que a menina casasse com um DNAFT, as chances de terem um neto deficiente cairiam drasticamente.

Contou tudo.

– Mãe... Como... Como pode? – Helen estava pálida. – Por que nunca me contou? Eu...

– Minha filha, por favor, eu não podia fazer diferente, eu queria tanto um bebê, e você estava lá, esperando ser amada...

– Mãe – Helen interrompeu. –Você me condenou à morte!

– Nós tentamos te salvar! – argumentou seu pai com voz trêmula.

O silêncio se fez na sala, eram vidas destroçadas, destinos traçados e verdades descobertas.

Helen sabia que estava condenada. Seu esposo frequentava um grande círculo de Caçadores, era um dos melhores, orgulho do governo. E, naquela altura, a história já tinha se espalhado pelos corredores daquele grande hospital.

Era hora de decidir, era um momento de alguém falar alguma coisa, antes que a porta do quarto se abrisse e algum Caçador entrasse, sem piedade, e fizesse o que tem que fazer.

– O que vamos fazer? – indagou a mãe de Helen olhando para Mark.

Ele não respondeu. Sua cabeça estava abaixada e as lágrimas rolavam sem parar de forma dolorosa.

Uma leve batida na porta e Sarah, a enfermeira, entrou.

– A menina, eu devo traz...

– Não! Não quero vê-la – disse Helen, imediatamente.

– Mas, Helen, ela...

– Eu disse NÃO! Ao menos dessa vez posso ser ouvida, e atendida, já que não posso decidir o que será da minha vida daqui a cinco minutos?

Sarah se retirou. Mark sentou-se na beira de cama de Helen, segurou a sua mão e sussurrou:

– Amo você, mais que tudo neste mundo, amo você mais que a mim mesmo. Você é a melhor coisa que aconteceu na minha vida. Você sabe disso, não é?

Helen encarou aqueles olhos de um azul profundo, delicadamente passou a língua em seus lábios ressecados e balançou a cabeça afirmativamente.

Mark sabia que não adiantava tentar esconder Helen. Ele sabia como viviam os Fracos: refugiados, marginalizados, escondidos, caçados como bichos, mortos de forma limpa ou de maneiras abomináveis por caçadores sem escrúpulos. E muito dessa realidade, Helen também sabia. Lia reportagens, ouvia boatos, os Fracos tentavam se esconder nos esgotos, nos becos escuros, em locais deploráveis.

– Amor, eu sei o que quero fazer – disse Helen no silêncio do quarto.

Seu pai e sua mãe, olhando para ela, já sabiam do que ela falava.

– Não, minha filha, tem que existir uma solução.

– Não existe solução. Mark cuidará de JonBenét, ela tem muitas chances até fazer 10 anos, pode ter muitos talentos, pode ser uma mente brilhante... Ela tem chances. Mas eu não. Eu vivi, eu fui feliz, eu fui MUITO feliz. E agora vou partir com dignidade. Mark, por favor, chame Sarah para mim.

– Não vou deixar você fazer isso! – A mãe de Helen chorava como nunca antes. – Podemos fugir, nos esconder, ir para outros lugares.

– Em todos os lugares é a mesma coisa, mãe. Alguns ainda são piores! Por favor...

O pai de Helen teve que retirar sua esposa à força do quarto, que gritava e esbravejava contra o sistema e contra a vida.

Sarah entrou novamente no quarto com uma seringa já cheia do líquido necessário.

Helen e Mark se abraçaram, ele tinha perdido toda a força, todo o dinamismo próprio de sua personalidade, e ela era agora somente uma flor esquecida na cama, sem brilho, sem vida.

Ele se afastou da cama com relutância, enquanto Sarah rapidamente aplicava na veia de Helen aquilo que poria fim aos dias dela. Era preciso ser rápido, a notícia já tinha se espalhado e na portaria do hospital já chegavam vários caçadores sentindo cheiro de presa, ansiosos por mais um troféu.

Quando a porta foi ruidosamente aberta por um segurança que escoltava um dos Caçadores do governo, Mark já havia partido.

VII

Nove anos depois

– JonBenét, venha logo!

– Estou indo, pai.

Ela era simplesmente linda. Loira, com longos cabelos cheios de cachos, olhos azuis como os do pai e um nariz pequeno e arrebitado como era o da mãe.

Era um dia lindo de verão e, em uma semana, JonBenét faria 10 anos de idade.

–Vamos de novo para a casita, pai?

– Sim, filha, vamos. Você sabe que em breve seu microchip atestará sua idade e seu DNA, lembra que seu pai te explicou, você aprendeu na escola, lembra disso?

– Claro, pai, eu me lembro, lamento não ter aprendido piano, nem guitarra, nem ter gostado das tintas – disse JonBenét naquele tom melancólico que só as crianças conseguem fazer.

– Eu sei, querida, eu sei.

Eles entraram no carro e pegaram a estrada principal para a saída da cidade. Depois de duas horas, viraram numa estrada de terra batida, sem sinalização. Observaram a vegetação aumentar de densidade e passar a cobrir a estradinha conforme avançavam, até o momento em que pararam em frente a uma pequena casinha de aparência abandonada.

Assim que entraram na casa, JonBenét correu para abrir a porta do porão. Já conhecia muito bem aquele lugar. Eles desceram e Mark acendeu a luz. Era um cômodo grande, exibindo um delicado papel de parede que tinham colado no verão anterior. Uma cama grande, armário, cômodo, duas cadeiras, havia também estantes com livros e brinquedos. Além de um abajur, em cima da mesinha de cabeceira. Geladeira, forno à lenha, pia e uma despensa, recheada com produtos enlatados.

O cômodo era estranhamente fresco, devido ao sistema de ventilação que Mark havia importado da Rússia. Dizem que o mercado negro fazia esse tipo de sistema para refugiados Fracos que tinham melhores condições econômicas.

As condições econômicas de Mark não eram mais tão boas quanto antes do nascimento de JonBenét. Trabalhando no mesmo posto, ele agora não era mais benquisto, e sim apontado como "misturado", pai de um ser descartável, viúvo de uma enganadora. Mas o que ganhava ainda era o suficiente para dar uma boa vida a JonBenét, que mesmo em seu estigma era uma menina firme, alegre e que sabia superar o preconceito e as ofensas que vinha recebendo desde que começou a entender que dentro dela corria um DNA indesejado.

Ela tentou aprender música, pintura, ser especial em matemática ou qualquer outra arte, mas, apesar de inteligente, era uma menina normal, sem grandes aptidões especiais. Ironicamente, era filha de um Caçador e, em uma semana, seria a Caça.

Mark descobriu essa casita, como delicadamente chamava JonBenét, dois anos antes. Pediu a uma amiga que comprasse o local, pagou pouco (era no meio da mata e a casa estava caindo aos pedaços). Mas tinha um excelente porão e ali ele fez um local para JonBenét se esconder. Seria logo, muito em breve.

VIII

Os caçadores podiam escolher quais as Caças que queriam abater. Homens, mulheres, grávidas, crianças maiores de 10 anos, velhos... a escolha era do Caçador. E Mark nunca mais tinha abatido uma criança. Ele agora escolhia apenas homens e nem sempre os achava, o que fazia com que ele voltasse para sua sala no Setor de Limpeza Social e Genética com seu medidor de produção em baixa.

Homens escapavam com mais facilidade, corriam mais, escondiam-se melhor, e Mark já acumulava reprimendas e reclamações. Todos sabiam por que ele agia como agia, seus olhos não eram mais de um azul profundo e frio. Seu único momento de alegria era quando estava com JonBenét e esses momentos estavam prestes a ficar cada vez mais raros.

Todos comentavam em volta de Mark o que aconteceria em uma semana, e ele já tinha dito a todos que entregaria JonBenét para um Caçador amigo seu e que tudo terminaria em paz.

Muitos dos antigos amigos de Mark indagavam por que ele não simplesmente mudava de emprego, mas ele se recusava. Dentro dele pulsava uma veia de Caçador, sempre fora Caçador, e não conseguia se imaginar fazendo outra coisa. Eram dois homens que viviam dentro dele. O Caçador e o pai de JonBenét.

Depois que Mark perdeu seu posto de melhor Caçador, um novo talento sobressaiu: Charles.

Era considerado cruel, mas cumpria sua função, chegando a eliminar mais de cinco Caças por dia. As crianças eram suas preferidas.

Ele começou a seguir Mark em suas horas vagas. E cinco meses antes do aniversário de JonBenét Charles já sabia sobre a casita. Eliminar JonBenét era uma questão de honra e um desafio para Charles e ele mal podia esperar pelo grande momento. Matar a filha de um grande caçador. Seria épico.

Um dia antes de JonBenét fazer 10 anos, Mark foi à casita sozinho e verificou se tudo estava conforme ele queria. O plano era levá-la para viver lá, ela sabia cozinhar e limpar a casa. Ele ensinou a ela, e sempre que pudesse estaria com ela. Era uma excelente solução provisória.

Naquele dia, ele sentiu que algo estava errado na casita, algo estava fora do lugar, mas não sabia dizer o que era. Acreditou ser apenas a tensão sobre seus ombros que o deixava mais apreensivo do que o de costume.

O dia amanheceu com nuvens escuras no céu. Era bem cedo quando Mark colocou JonBenét no carro, sem malas, sem bolsas. Tudo já havia sido levado anteriormente para que os vizinhos acreditassem que a sua filha seria entregue a um caçador amigo.

Um ou outro vizinho olhava pela janela através da cortina. Eles saíram de carro, sem olhar para trás. JonBenét nada dizia, apenas olhava para a paisagem que corria na janela do carro.

– Você está bem, minha filha?

– Sim, pai, estou bem.

– Eu te amo, filha.

– Eu também te amo, pai.

Era um diálogo curto, seco, mas cheio de um amor melancólico.

Andaram pela mesma estrada de sempre e entraram na estradinha de terra. Chegaram à casita. Tudo igual e silencioso. O céu carregado anunciava a chuva pesada que estava prestes a cair. Eles entraram na casa e JonBenét abriu a porta do porão, desceu e acendeu a luz. Sentiu o cheiro de flores.

Mark tinha levado flores frescas para lá no dia anterior.

JonBenét sorriu e se jogou na cama ruidosamente enquanto seu pai descia a escada.

– Vai ser legal, pai, vou ser dona de casa – disse ela, rindo.

Mark, com seu olhar triste, nada disse, apenas forçou um sorriso.

Eles ficaram juntos por algumas horas, ele fez sanduíches e repetiu a ela todas as velhas instruções que ele vinha ensinando há dois anos. Ela só balançava a cabeça afirmativamente.

– Eu vou te visitar sempre que puder. Não posso fazer muito para não levantar suspeitas. É arriscado demais. Mas farei o meu melhor.

– Quem sabe um dia o sistema seja destruído e possamos viver juntos de novo, né, pai? – perguntou JonBenét.

– Quem sabe, filha – disse Mark olhando com todo o amor do mundo para aquela menina e ainda tão jovem.

Ficaram juntos mais alguns minutos e se despediram.

E ele prometeu que voltaria no dia seguinte, por alguns minutos, só para ver como ela tinha ficado na noite anterior. Ele seria vigiado nos dias seguintes ao aniversário dela, que eles nem quiseram comemorar.

E nada poderia dar errado. Ele não aguentaria perder JonBenét.

Ele saiu do porão, fechou a porta e colocou velhas madeiras em cima da entrada. Olhou em volta e sentiu uma sensação de que algo estava errado.

Permaneceu por mais alguns minutos em frente à velha cabana e, na ausência de movimentos estranhos, se dirigiu para o carro. Mas, antes que chegasse lá, uma sombra saiu da vegetação.

– Que surpresa você causaria a todos que te conhecem se pudessem te ver agora, Mark.

A voz de Charles era macia e ameaçadora ao mesmo tempo.

Mark ficou estático, entreabriu os lábios para responder, mas nada disse. Sua mente trabalhava rápido e a busca por uma solução era tão urgente que seu coração acelerou e ele teve que fechar os punhos para não tomar a decisão errada.

– Perdeu a voz? – indagou Charles sorrindo e se aproximando com sua arma na mão. Seus passos vinham lentos enquanto, de forma ainda mais lenta, a mão de Mark buscava a sua própria pistola.

–Você pode pegar sua arma, não vejo problema algum nisso, Mark. Mas você sabe que a vida da sua princesinha já está perdida. Na verdade, perdida não, está ganha, porque depois que eu estourar a cabeça dela e tirar a pele de seu pulso para minha coleção de troféus, ela será uma vida ganha para mim. Que irônico, não?

Mark pegou sua pistola, soltou a trava bem devagar e apontou para a cabeça de Charles.

– O que vai fazer? – perguntou Charles mirando em Mark. – Antes que você atire, eu já terei te matado e isso só tornará as coisas ainda mais complicadas para vocês. Sinceramente sempre te achei um cara ridículo e idiota, querendo ser o grande pai de família.

– Como chegou aqui?

– Como você acha que eu cheguei aqui, "grande caçador"? Onde você perdeu seu faro e instinto? Estou na pista de vocês faz semanas, meses na verdade, e acho que já se passaram anos desde que miro a cabeça da sua linda menininha. Você enganava a todos com o papel de bom-moço, que estaria disposto a entregar sua filha a um caçador piedoso quando chegasse a hora. Mas eu sabia que não seria assim. Você sempre foi um fraco, matando com piedade esses seres abomináveis e inúteis. E nas minhas horas vagas eu cuidei para que nenhum dos seus passos fosse segredo para mim. E hoje, quando vieram para cá, você e a Jon... Como é mesmo o nome dela? – disse Charles fingindo não lembrar o nome da pequena menina.

– Seu porco maldito, escroto de merda. Não fale o nome dela.

– Não importa, por mim eles nem teriam nome. Quando vi vocês a caminho deste lugar que te vi cuidar com tanto carinho, por tantos meses – debochou Charles. – Eu abri uma cerveja para comemorar. Era meu momento, meu dia. Vou levá-la comigo, e você não pode fazer nada a respeito.

A mente de Mark trabalhava a mil por hora. Ele sabia que Charles tinha uma pequena vantagem no gatilho da arma, e que se ele tentasse qualquer coisa Charles atiraria. Era um momento para o qual ele nunca esteve preparado. Ele sabia que um dia poderia ter que defender sua filha com sua vida, mas não assim, não tão logo, não hoje.

– E então? Não tenho o dia todo. Vai sair da minha frente, pegar seu carro e ir embora com suas boas recordações ou vai querer assistir ao abate do seu bichinho?

"Agora é a hora", Mark pensou. *"Tenho que fazer algo, tenho que agir."*

– Quero te pedir uma coisa – disse Mark cabisbaixo em um sussurro tentando distrair Charles.

– Último desejo de um pai lamentoso, que drama! Vamos lá, diga – Charles estava se divertindo com a situação. Relaxado demais.

– Vá para o inferno – grunhiu Mark com ódio enquanto levantava a cabeça e puxava o gatilho. Na mesma hora, Charles percebeu seu minuto de desatenção e recuperando-se também atirou.

Duas balas certeiras vindas de dois grandes caçadores. Uma na cabeça de Mark e outra na cabeça de Charles. Tiros perfeitos e fatais. Ambos cairiam lado a lado. Charles dando seu último suspiro e Mark deixando sua mente ir ao encontro de seus últimos pensamentos.

"Só nós dois sabemos onde está JonBenét e um segredo só está bem guardado quando ambos estão mortos. Ela estará segura, ao menos por enquanto", fechando os olhos, Mark pensou na sua esposa.

★★★★

"Ainda não estou com fome", pensou JonBenét enquanto se deitava em sua cama no fundo de seu canto seguro de onde nada podia escutar.

"Mais tarde faço um sanduíche para mim, quem sabe quando papai voltar podemos tentar fazer uma grande omelete com ovos frescos que ele prometeu trazer. Espero que ele não demore muito, não gosto de ficar sozinha."

Ela se deitou, pegou um velho livro que tanto adorava e começou a leitura, torcendo para que os dias passassem logo e seu pai viesse visitá-la.

ALEGORIA DA CAVERNA

FELIPE SALI

NA PAREDE DA
CAVERNA, SOMBRAS
SÃO PROJETADAS.
ILUSÕES CRIADAS
PELOS SEUS MESTRES
PARA ENGANÁ-LOS. OS
ESCRAVOS ACREDITAM QUE
AQUELAS SOMBRAS SÃO
VERDADEIRAS

Quando abri os olhos, tudo não passava de um borrão. Com o tempo, as coisas foram tomando forma e consegui identificar o que estava na minha frente. Percebi que encarava o teto branco de um lugar que não conhecia.

Estava deitado numa cama desconfortável e o meu braço reclamava das dores causadas pela agulha espetada nele. Ao meu redor, máquinas apitavam da maneira mais irritante possível. Olhei em volta. O quarto excessivamente branco não era meu e não sabia como fui parar ali. Sempre que me forçava a lembrar de algo, era atacado pela pior dor de cabeça da minha vida. Tão forte que me impedia até de levantar da cama.

Tentei me acalmar e procurar algo que fosse, ao menos, levemente familiar. Encontrei. Ao lado da cama, sobre uma mesinha encostada na parede, estava o meu exemplar surrado de *A República*, de Platão. A mancha inconfundível de café na sua lombada não me deixava dúvidas: era o meu livro.

Sorri ao observar o objeto que me acompanha desde a época da faculdade, quando andava pelos corredores do campus segurando o meu exemplar surrado apenas para parecer mais inteligente, até o dia em que finalmente li a obra e me apaixonei.

Meio que para me distrair daquela dor de cabeça torturante, pensei em uma das minhas passagens preferidas do livro. Nela, Platão relata o diálogo entre Sócrates e Glauco. Sócrates ilustra a situação em que homens acorrentados passam a sua vida inteira sem conseguir observar nada mais do que a parede da caverna onde estão presos. Eles não conseguem nem olhar para os lados.

Na parede da caverna, sombras são projetadas. Ilusões criadas pelos seus mestres para enganá-los. Os escravos acreditam que aquelas sombras são verdadeiras. Eles dão nome a elas, atribuem personalidade e até adoram algumas.

Até o dia em que um dos escravos se liberta e descobre que acreditava em mentiras. Olha para trás e encontra os mestres projetando as sombras. Sai da caverna e vislumbra o mundo verdadeiro, com céu azul e grama verde.

Logicamente, o homem livre volta animado para a caverna e conta aos seus amigos tudo o que viu. Ele explica para os escravos sobre a sombra na parede, o céu azul e a grama verde, com brilho nos olhos.

Os seus amigos, porém, conversam entre si e chegam à conclusão de que não acreditam nele. Passaram a vida inteira olhando para a parede da caverna e aquela é a única verdade que conhecem. Não é possível que exista algo além daquilo. Julgam o recém-liberto um louco. Um alucinado. Se pudessem, eles o matariam.

A porta do quarto onde estou abre revelando um médico com todos os sinais que indicam a sua profissão: jaleco, estetoscópio e prancheta.

– Olha aí, se não é o homem mais sortudo do mundo! Por favor, diga seis números aleatórios. Quero apostar na loteria neste final de semana – e soltou altas gargalhadas, para o meu desespero.

– Doutor, o que aconteceu?

– Está tudo bem com você, rapaz! Todos os exames saíram e você não quebrou nem o dedão do pé! Esse é o tipo de coisa que nos faz repensar toda aquela história sobre a existência de Deus, não é mesmo?

– Doutor – repeti. – O que aconteceu?

Ele me encarou por um segundo, aparentando leve confusão. Revirou os papéis da sua prancheta:

– Você não se lembra de nada? Estranho! Os seus exames tomográficos apresentaram os resultados ideais! O senhor deve estar sob estresse, vou te encaminhar para a...

– Doutor! – repeti pela terceira vez. – Por favor...

– Acalme-se, garoto – ele respondeu. – Você participou de um acidente de trânsito dos feios! Mas escapou sem nenhuma fratura.

Flashes pipocaram na minha mente. Lembrei-me da viagem que fazia, do caminhão que entrou na contramão e da minha tentativa de desviar que resultou no carro capotando ladeira abaixo. Ao meu lado, estava...

– Sophia! – exclamei. – A minha noiva estava comigo! Ela...

– Acalme-se, rapaz! – o médico sorriu. – Como disse, você é o homem mais sortudo do planeta. A sua noiva também escapou sem maiores consequências e está sendo atendida no quarto ao lado. Você precisa perdoar o meu humor, mas eu nunca pensei que veria algo parecido com isso em todos os meus anos de carreira! Foi verdadeiramente memorável.

– Desculpa não compartilhar do seu entusiasmo – respondi. – A minha cabeça está me matando e...

– Isso também é anormal. Acredito que esteja relacionado ao estresse pós-traumático, assim como à sua momentânea perda de memória.

A porta do quarto abriu novamente. Meus pais entraram afobados acompanhados da minha noiva, Sophia, usando o vestido vermelho do momento do acidente, completamente intacto.

– Henrique! – ela exclamou, correndo para me abraçar. – Os médicos me disseram que você estava bem, mas eu quase não acreditei!

Daquela distância, os olhos absurdamente verdes dela quase me cegavam. Passei minha mão nos seus cabelos curtos estilo chanel e a beijei.

– E você está bem? – perguntei.

– Estou. Foi como se tivesse passado uma noite dormindo e nada mais.

Meus pais me presentearam com uma longa bronca sobre prudência ao volante que poderia jurar ter ouvido antes, aos 19 anos. Ao final do monólogo, me abraçaram apertado e limparam as lágrimas.

Dispensei a consulta com o terapeuta e recebi alta para voltar para casa. Peguei o meu exemplar de *A República* e perguntei quem trouxe o meu companheiro para o hospital. Ninguém sabia. Cheguei à conclusão de que os médicos deviam ter tirado da minha mochila durante o resgate ou algo do gênero.

Meus pais nos deram carona até o meu apartamento. Pedimos pizza e, depois da refeição, eles se despediram.

– Tem certeza de que não quer passar a noite aqui, pai? – perguntei, quando eles manifestaram vontade de ir embora. – São duas horas de carro até a sua casa.

– Um homem velho não consegue passar muito tempo longe de casa – ele respondeu, sorridente. – Além disso, eu sou um motorista muito melhor do que você. Não precisa ficar preocupado.

E partiram.

Antes de dormir, fui guardar o meu *A República* na sua habitual segunda gaveta da cômoda do quarto. Assim que a abri, levei um susto: o livro já estava lá.

Peguei o exemplar da gaveta e comparei com o que trouxe do hospital. Eram absolutamente idênticos. Não só tinham a mesma mancha de café na lombada como eram remendados com fita adesiva no mesmo local. Na página 56, ambos tinham a mesma marca de caneta. Era a coincidência do século. Depois do acidente, Sophia provavelmente estaria cansada demais para discutir sobre fenômenos anormais, então joguei as duas cópias dentro da gaveta e fui dormir imaginando como faria para diferenciar o livro original do seu irmão gêmeo no dia seguinte.

II

Naquela noite, sonhei que estava chorando. Toda a minha família e os amigos próximos faziam fila para me abraçar e me consolar. Eles falavam palavras bonitas, sobre como esse é o ciclo natural da vida e que não podemos questionar os planos de Deus. Fui guiado, em meio aos meus próprios soluços, para o local do velório de Sophia. O padre fez um sermão e eu não assimilei uma única palavra do que foi dito, pois apenas chorava tentando imaginar como seria a minha vida sem ela.

Acordei assustado.

– Pesadelo? – ouvi a voz da Sophia, que estava deitada ao meu lado. Viva.

Olhei para ela. Eu a amo demais. Amo cada detalhe dela, desde as suas piadas sem graça até os seus olhos verdes. Da sua falta de habilidade na cozinha à sua pele branca e macia. Da sua paciência comigo aos seus lábios. Sonhar com a morte de Sophia foi encarar o meu maior medo. Viver sem ela não deve valer a pena:

– Você deveria vir morar comigo – soltei num respiro só.

– Esse foi o seu pesadelo? – ela brincou.

– Faz sentido, não faz? Nós já somos noivos e eu sei que quero morar com você desde a primeira vez que entrei naquela faculdade e te vi conversando com as suas amigas. E nós também deveríamos parar de enrolar e marcar a data do nosso casamento. Você sempre disse que prefere algo simples, não vamos precisar de muito dinheiro para isso. O que me diz?

Ela sorriu para mim. Eu cruzaria o deserto a pé para encontrar um sorriso como aquele, mas ele estava bem aqui, na minha frente.

– Acho que você deveria bater o carro mais vezes. É claro que eu aceito.

Eu a beijei e dormimos abraçados. A sensação ruim foi embora e eu voltei a me sentir exatamente como o médico sentenciou: o homem mais sortudo do mundo.

III

Eu sou o responsável pelos cafés da manhã dos sábados. Sempre preparo algo diferente, como panquecas ou cachorros-quentes. Daquela vez, resolvi caprichar no omelete.

– Vai querer tomate no seu? – perguntei para Sophia, enquanto cozinhava.

– Eu adoro tomate! – ela respondeu, sentada à mesa da cozinha, folheando a sua revista de moda.

– Isso não é verdade... – respondi, rindo. –Você sempre tira o tomate quando comemos pizza.

– Eu adoro tomate!

Virei-me para tentar identificar se ela estava brincando ou não. Sophia continuava folheando a sua revista, distraidamente, sorrindo.

– Desde quando?

– Desde quando o quê?

– Desde quando você gosta de tomates?

– Eu adoro tomate!

Eu ri.

–Você está bem estranha hoje. Ah! E, por falar em coisas estranhas, tenho algo incrível para te mostrar.Você não vai acreditar!

Corri para o quarto para pegar o exemplar gêmeo de *A República*. Abri a segunda gaveta da cômoda ao lado da cama imaginando qual seria a sua reação quando eu contasse sobre a coincidência.

Mas só havia um livro. O outro exemplar sumiu sem deixar vestígios. Revirei a gaveta, incrédulo, mas nada encontrei. Voltei para a cozinha:

– Sophia, você mexeu na minha gaveta?

– Eu que guardo as suas roupas.

– Não essas, estou falando da segunda gaveta da cômoda.

– Onde você guarda o seu livro? Não.

– Ontem à noite, deixei dois livros nela. Hoje, encontrei só um.

Sophia levantou os olhos da revista pela primeira vez, ainda bastante serena:

– Nós podemos passar na livraria e comprar o que está faltando.

– Não se trata disso – respondi. – É que o livro era exatamente igual à minha cópia de *A República*. Você não iria acreditar!

– Nossa, isso é realmente inacreditável – ela disse, no tom que sempre usa quando quer tirar sarro da minha cara, o que acontece quase sempre. – O que seria da minha vida sem a sua para me cobrir de emoção e adrenalina?

– Engraçadinha! – Segurei o meu riso, enquanto tornava a me sentar.

Sophia pulou no meu colo, sorridente:

– E então, Doutor Estranho, o que vamos fazer hoje?

– Não sei, pensei em irmos ao parque. Sabe, algum lugar que podemos visitar sem precisar dirigir, já que não temos mais carro.

– Acho ótimo! – quando observo de perto, consigo notar a covinha que o seu rosto carrega toda vez que ela abre um sorriso grande demais. É lindo. – Quem sabe não encontramos algo sobrenatural por lá?

– Vai continuar com isso por muito tempo?

– Diga-me, amor. O livro idêntico também estava todo manchado de café? – e gargalhou alto.

– Sim! Eu juro que estava!

IV

As famílias lotam o parque aos sábados. No centro, um homem tenta ensinar ao seu filho como andar de bicicleta, o garoto está coberto com equipamentos de proteção. Uma moça de vestido florido tentava alimentar os seus filhos gêmeos, que dividiam um carrinho de bebê especial com dois lugares. O banco à sombra da árvore era o mais disputado pelos visitantes naquela tarde ensolarada e um gato passou correndo por mim, atrás de uma borboleta. Ele subiu no latão de lixo e pulou de maneira que quase alcançou o inseto.

– Os parques são uma enganação, não é? – Sophia comentou, enquanto caminhávamos de mãos dadas entre as árvores. – Você se sente em contato com a natureza quando está, na verdade, no meio da cidade e cercado por ferro e plástico.

– Você está tentando sabotar o nosso passeio? – comentei. – Vou te comprar um sorvete. O seu humor sempre muda com sorvete.

Passamos pelo garoto que toca violão todos os dias no mesmo lugar, sempre há uma barraquinha de sorvete perto dele, aproveitando para angariar as pessoas que cercam o garoto pela música.

– Eu não estou mal-humorada – retrucou. – Por outro lado, você está prestes a ter a maior reviravolta emocional da sua vida!

– Como assim?

Em um único salto, Sophia sentou no banco em frente ao jardim e cruzou os braços.

– Tenho algo verdadeiramente inacreditável para te contar. E não tem nada em comum com a sua maravilhosa história sobre livros idênticos que todo mundo sabe que são produzidos em larga escala.

Se ela soubesse como os livros eram, não veria tanta graça.

– E o que é?

– Você me prometeu um sorvete. Busque o de baunilha, que eu te conto.

– Tenho certeza de que nem é tudo isso que está falando...

– Disse o cara que se impressiona com livros...

– Ok, você venceu! – levantei os braços, imitando exageradamente uma rendição. – Vou buscar o sorvete! Sempre tem perto do garoto do violão!

Deixei Sophia no banco e parti em busca do carrinho colorido com guarda-sol. Depois de alguns passos, um gato passou correndo por mim, atrás de uma borboleta. Ele subiu no latão de lixo e pulou de maneira que quase alcançou o inseto. Passei bons segundos congelado, a cena era exatamente igual à que presenciei no momento em que cheguei ao parque.

Continuei andando, pensando em tudo que já ouvi sobre déjà vu, quando avistei o meu pai sentado no banco mais disputado do parque, aquele que fica à sombra da maior árvore. Ele observava a paisagem em silêncio, desacompanhado. Não entendi como aguentava aquele calor mesmo de terno. Aproximei-me:

– Pai? O que você está fazendo aqui?

Ele levantou os olhos demoradamente. Só então notei que parecia trsite.

– Pai, o que aconteceu? – perguntei, preocupado. Sentei ao seu lado e tentei identificar alguma pista do que teria acontecido. – Onde está a mãe?

Ele seca as lágrimas rapidamente e respira fundo:

– A sua mãe está bem, não se preocupe. Estou aqui sozinho porque preciso conversar com você. Espero que confie em mim, filho.

– Pai, você está me assustando. Vou chamar Sophia, pode ser?

– Não! Quero falar a sós! Como estava dizendo, a sua fé em mim sempre foi inabalável. Espero que continue assim.

– É claro que eu acredito em você. Para de drama.

Meu pai ficou em silêncio olhando nos meus olhos e depois voltou a encarar o nada. Apesar de tudo, parecia calmo:

– O que vou te contar é muito estranho. Eu mesmo não acreditaria. Agora, preciso que você dê uma boa olhada à sua volta. Pode fazer isso por mim?

Mesmo estranhando, resolvi obedecer sem questionar. Senhoras faziam caminhada em grupo, uniformizadas. Uma menina pequena estava na ponta dos pés para tentar alcançar o bico do bebedouro prateado. Os pombos brigavam pelos pedaços de pão jogados no chão e um casal de adolescentes se beijava com afinco bem na nossa frente.

– Bom, estou olhando – falei. – Inclusive, não encontrei o carrinho de sorvete que estava procurando...

– Ótimo – meu pai respondeu. – Agora, olhe novamente.

– Claro... O QUÊ?

Nada estava como antes. Melhor dizendo, tudo estava como antes. Todas as pessoas e as coisas estavam congeladas como em um segundo atrás. As senhoras pareciam estátuas ultrarrealistas, a menina se aguentava na ponta dos pés e até mesmo a água que saía do bebedouro estava parada no ar, como gelo. As pombas não moveram uma única pena e o casal não mexia mais os seus lábios como antes.

Olhando para cima, vi os pássaros parados no céu, mesmo sem bater as assas. Até as folhas secas da árvore cessaram a sua queda, desafiando todas as leis da física.

Meu pai não parecia tão impressionado quanto eu:

– Foi você que fez isso? – perguntei, temendo pela minha sanidade.

– Sim, fui eu.

Comecei a rir:

– Ok, bem que Sophia me falou que tinha algo incrível para me mostrar. Pronto, vocês já brincaram o suficiente. Agora, podem voltar ao normal e tratem de me contar como conseguiram fazer isso!

– Filho... Isso é sério.

Não consegui falar mais nada. Encarei os seus olhos azuis com a esperança de que ele me explicasse tudo o mais rápido possível.

– Por favor... fala.

– Você sabe o que aconteceu. É impossível apagar a memória de alguém totalmente.

– Eu estou com cara de quem sabe de alguma coisa?

Ele suspirou. Esfregou o rosto demoradamente e continuou:

– Algo terrível aconteceu, Henrique. Você não foi forte o suficiente e encontrou a maneira perfeita de fugir para um lugar confortável. Mas não vale a pena. Deus sabe que não vale.

– Você não está sendo claro – o meu coração batia tão forte que quase podia ouvi-lo. – Fale com todas as letras.

– Eles me disseram que bastava você me ver para lembrar-se de tudo! Droga!

– Se eu soubesse do que tenho que me lem...

– Da droga do acidente! – ele me interrompeu. – Do acidente de carro em que Sophia morreu!

Foi como um estalo. Lembrei-me da estrada em que o caminhão entrou na contramão. Tentei desviar e o carro acabou capotando ladeira abaixo. Ao meu lado, estava Sophia. Gritei de dentro dos destroços e ela não me respondeu. Seus olhos claros fitavam o nada, imóveis e frios.

– Sophia... – levei as duas mãos à cabeça.

Lembro-me de acordar no hospital e me contarem que ela não resistiu ao traumatismo craniano causado pelo impacto. Toda a minha família e os amigos próximos faziam fila para me abraçar e me consolar. Eles falavam palavras bonitas, sobre como esse é o ciclo natural da vida e que não podemos questionar os planos de Deus. Fui guiado, em meio aos meus próprios soluços, para o local do velório de Sophia. O padre fez um sermão e eu não assimilei uma única palavra do que foi dito, pois apenas chorava tentando imaginar como seria a minha vida sem ela.

Passei semanas de bar em bar. Não trabalhei nem conversei com ninguém. Voltava para casa e ficava vagando pela internet até dormir.

Primeiro, ouvi boatos enquanto bebia. Depois, pesquisei. Fui me informando e me alimentando daquele assunto cada vez mais. Existem empresas clandestinas que trabalham com realidade simulada. Não a dos games a que estamos acostumados, estamos falando de algo para valer. Você conta o que quer mudar na sua vida (emprego, país, as pessoas à sua volta) e os programadores criam linhas de código que atuam de maneira quase simbiótica ao seu cérebro. A sua imaginação vai cuidar de preencher os vácuos deixados. Ilusão de qualidade. A pequena máquina que colocam na região superior da cabeça nem machuca.

Alguns clientes contratam um dia ou dois. Outros, para o resto da vida.

É claro que é perigoso. Sua vida encurta consideravelmente devido ao sedentarismo que passar a vida deitado proporciona. Alimentar-se através de tubos e contar com desconhecidos para te manter vivo também não é uma boa ideia. "Por isso, meu pai está aqui", pensei. "Melhor dizendo, a representação dele está aqui."

– Eu paguei muito dinheiro para aqueles maníacos me deixarem entrar – ele disse. – Todo o nosso dinheiro, para dizer a verdade. Simplesmente te desconectar seria arriscado demais. Eles me colocaram aqui e me ensinaram a encontrá-lo. Também me ensinaram a convencê-lo de que tudo aqui é falso.

– Isso é loucura – balbuciei. – Não pode ser verdade.

– Você sabe que pode – ele respondeu. – Recentemente, não notou nada de estranho? Nem sua imaginação e nem os códigos são perfeitos, eles erram com frequência. Pelo menos, é isso que me falaram.

Lembrei-me do livro duplicado e do gato que repetiu o pulo.

As coisas continuavam paradas. Os pássaros, as pessoas e as folhas...

– E se... – respirei fundo antes de falar. – E se eu não quiser voltar.

– Filho...

– Sério. Eu tenho a opção de continuar aqui, não? Estou feliz aqui dentro! Tenho certeza de que eles podem apagar a minha memória novamente.

– Henrique... – meu pai me interrompeu. – Lembra-se daquele livro que você tanto gosta? *A República*, não é mesmo?

– Sim.

– O trecho sobre a alegoria da caverna. Quando o homem escapa da prisão e tenta falar sobre o mundo lá fora para os outros escravos que só acreditam nas sombras projetadas na parede. A forma como os seus colegas duvidam dele e o tornam um homem solitário. Existe uma lição por trás disso. Você sabe qual?

– De que não podemos viver na ilusão?

– Não – pude sentir a sua mão em um dos meus ombros. – Significa que devemos viver a mesma ilusão que os outros.

A Sophia de mentira devia estar me esperando sentada no mesmo banco.

– E o que acontece com tudo isso? – perguntei, olhando em volta. – O que acontece com este mundo que criaram?

– É apagado imediatamente. Tudo vai sumir assim que você voltar comigo. Mas acho que não seria sensato ir embora sem se despedir...

O mundo voltou a movimentar-se. A folha caiu, as senhoras passaram, a menina desistiu de beber água, os pombos voaram e o casal se despediu.

– Pode ir, Henrique. Despeça-se de Sophia. Estarei te esperando aqui.

Não pensei em nada quando levantei e caminhei de volta para ela.

Você quase nunca tem a chance de olhar para algo sabendo que será pela última vez. Eu tive. Pude reparar em coisas que não reparava há anos. A forma como o seu cabelo curto balança ao vento. O seu olhar vago de quando está entediada. A sua postura quase perfeita, tão diferente da minha. A forma como contrai os lábios, como se um sorriso estivesse permanentemente tentando escapar. Eu nunca mais tornaria a ver nada daquilo.

– Já voltou? – Sophia perguntou. – Cadê o meu sorvete?

Fiquei parado em silêncio.

– Aconteceu alguma coisa? – ela se levantou e ficou de frente para mim.

– Você é tão linda – precisei dizer. Acho que não disse isso o suficiente e agora é a última vez que terei a oportunidade. –Você é linda demais.

Ela sorriu, revelando a sua característica covinha no rosto:

– Cadê o meu sorvete? Não encontrou?

– Desculpa – respondi. – Desculpa, de verdade...

– Para de drama! – Sophia não tinha como saber que eu não falava sobre o sorvete. – Lembra da grande surpresa que prometi? Você não merece ouvir, já que não me trouxe a casquinha. Mas, como sou boa pessoa, vou contar mesmo assim. – Sophia pegou a minha mão direita e levou até a sua barriga. Abriu um sorriso largo, daqueles que guarda somente para ocasiões especiais. – Estou grávida, Henrique...

O código foi criado para me trazer tudo que desejo. Mas não esperava por essa. Os meus olhos marejaram e deixaram escapar um filete de água que escorreu pelo meu rosto.

– Está pronto para tornar-se pai?

Ela não estava genuinamente feliz. Era apenas um punhado de códigos de programação que se fundiram ao meu cérebro emulando algo que entende como uma expressão de felicidade. Parecia tão real...

– Sophia, eu... Eu já volto.

– Aonde você vai?

Corri de volta para meu pai e apertei sua mão. No segundo seguinte, acordei no mundo real.

Nunca foi fácil. Acho que nunca vou me acostumar com a ausência de Sophia nem esquecer aqueles últimos segundos em que pude me despedir dela. Mais de uma vez, tive que respirar e tomar cuidado para não procurar os programadores e voltar para a ilusão. Às vezes, sonho como seria o rosto do nosso filho.

As sombras na parede são a realidade dos escravos da caverna. Eles não acreditam no que o homem livre diz e se recusam a questionar o que vivem. Eles dão nome a elas e se relacionam com as histórias que criam. As sombras são capazes de tocar a sua mente e o seu coração.

O que não as torna mais reais.

SOBRE-NATURAL

LILIAN CARMINE

HOTEL

NÃO HAVIA NINGUÉM NAS CALÇADAS, NOS PRÉDIOS, NEM MESMO NOS ANDARES DE CIMA. PARECIA QUE ESTÁVAMOS ANDANDO EM UMA CIDADE FANTASMA

O telefone toca. E toca de novo. E de novo.

Um grunhido de insatisfação me escapa da boca enquanto meu cérebro tenta pegar no tranco, após ter sido acordado de um sono profundo. O barulho continua perturbando insistentemente e eu me pergunto por que essa pessoa não desiste de me ligar, e só então percebo que não é o telefone tocando, mas o alarme do meu celular, que só vai parar de me amolar quando eu resolver desativá-lo.

Eu tateio freneticamente com a mão pelo criado-mudo até encontrar o objeto de minha tortura, e após dois toques na tela fria meu sofrimento, junto com o barulho estridente, finalmente termina. Com um suspiro de alívio, eu me apoio com os cotovelos na cama e olho atordoado ao meu redor. Resquícios de um sonho bizarro com raposas e texugos falantes fazendo truques para chamar minha atenção ainda perduram na minha mente por alguns segundos, mas logo tudo se esvai, como areia que escorre por entre os dedos.

Sonhos assim são comuns na minha vida, então nem perco meu tempo tentando decifrar o significado das criações malucas do meu subconsciente consegue inventar. Com o trabalho que faço, sei que minha cabeça tem material de sobra guardado para trabalhar com fartura durante as noites.

Preciso me preocupar de verdade é com o fato de já estar atrasado para meu *único* compromisso do dia. Teria que estar em contato com o pessoal da organização da convenção muito tempo atrás, mas me esqueci de levar a diferença de fuso horário em consideração e acabei calculando minha hora de despertar completamente errada.

Saído de um voo atribulado com passageiros mal-educados que não paravam de falar alto ao meu redor, bebês assustados chorando a viagem inteira e solavancos sem fim causados por nuvens que reproduziam do lado de fora toda a irritação que eu sentia dentro do avião, eu havia aterrissado no pequeno aeroporto da cidade no início da manhã com um enorme suspiro de alívio.

Do aeroporto, eu havia seguido direto para um tal "hotel *Pierre de Saint-Cloud*", reservado pelo meu agente, e após fazer um rápido check-in logo estava desabando com alegria na cama do meu quarto. Não estava acostumado a viajar no meio da madrugada, mas esse havia sido o único voo que meu agente havia conseguido. Um cochilo rápido me pareceu ser uma boa ideia naquele momento, eu teria as energias recarregadas e me sentiria bem mais disposto quando chegasse a hora de comparecer ao painel de entrevistas marcado para o início da tarde.

Só não estava contando em perder a hora desse jeito. Aparentemente eu estava mais cansado do que imaginava. E agora eu olhava incrédulo para a hora mostrada no celular, me perguntando como havia sido possível ter passado o dia inteiro dormindo assim? Já eram 6 horas da tarde e se não fosse pelo alarme me acordando provavelmente teria continuado noite adentro.

Dei um salto para fora da cama e após pegar algumas peças de roupa dentro da mala corri para o banheiro para dar um jeito na minha cara de sono e no meu cabelo amassado. Tentei ficar minimamente apresentável, mesmo sem saber se haveria alguma chance ainda de comparecer no painel do evento, já que havia perdido a hora assim tão abismalmente.

Antes de sair do quarto, fui pegar meu celular largado em cima da cama e o cartão de plástico usado como chave pelo hotel. Estava tentando checar mensagens no celular enquanto caminhava apressado em direção ao elevador no final do corredor, quando uma adolescente de cabelos cor de fogo saiu voando de um quarto à minha frente.

– Meu Deus, perdi a hora completamente! – a garota exclamou, carregando um enorme pôster enrolado debaixo do braço, enquanto fechava a porta do seu quarto na maior correria.

Ela parou para procurar algo dentro de sua bolsa e o tubo deslizou de seu braço, rolando pelo chão até parar próximo ao meu pé. Sorri ao ver que não era o único perdendo a hora no hotel enquanto me agachava para pegar o tubo do chão. O pôster havia se desenrolado um pouco, deixando à mostra o logo cheio de brilhos e efeitos especiais do meu programa de TV.

Tentei entregar o pôster para a garota, que me ignorou e continuou fuçando em sua bolsa, mal registrando minha presença ao seu lado no corredor.

– Acho que isso é seu. Caiu no chão – eu disse, balançando o pôster no ar.

– Ai, obrigada, moço. Estou uma atrapalhação que só hoje... – ela agradeceu, pegando o pôster de volta distraidamente.

Demorou alguns segundos, mas eventualmente ela conseguiu encontrar o pacote de balas que estava procurando dentro da bolsa, e finalmente levantou os olhos para ver com quem estava conversando. Dei um sorriso de canto de boca, marca registrada do personagem que costumava interpretar no programa de TV que por acaso estava estampado no mesmo pôster que ela segurava em suas mãos.

A reação da menina foi exatamente a que eu estava acostumado a ver, toda vez que esbarrava com alguma fã nas ruas: olhos arregalados do tamanho de bolas de golfe, boca entreaberta em surpresa e um som estrangulado de choque escapando da garganta.

Após alguns segundos com a garota parada no meio do corredor como uma estátua catatônica, dei uma leve risada e caminhei até o final do corredor.

–Vai descer também? – perguntei após entrar no elevador, apoiando a mão na lateral para segurar a porta.

Ela correu para o elevador como se sua vida dependesse disso.

– Achei que tinha acordado atrasada, mas devo estar dormindo ainda. Isso *só pode* ser um sonho! – ela disse com voz trêmula, enquanto a porta se fechava e o elevador começava sua descida. – Não estou acreditando que é você mesmo. Não estou acreditando que você *falou* comigo. Que você segurou a porta do elevador *pra mim*. Que estamos no mesmo elevador juntos! Você sabe quantas *fanfics* eu já li na vida com histórias de você preso em um elevador com uma garota como eu? *Milhões*! Nem acredito que isso está acontecendo de verdade! Só falta agora o elevador quebrar e deixar a gente preso aqui por horas, até você se apaixonar perdidamente por mim. *Igualzinho nas histórias* – ela matraqueou sem parar.

Eu lhe dei um sorriso fraco, enquanto espiava o visor do elevador que piscava lentamente, mostrando nossa descida, silenciosamente rezando para que ele piscasse mais rápido.

– E eu que achei que nunca ia conseguir um lugar na fila do seu painel agora tão tarde. Estava tão atrasada que até cogitei de nem ir mais! Ainda bem que não desisti, né? – ela continuou falando. Aparentemente depois de passado o choque inicial, a garota não conseguia mais ficar calada por um segundo sequer.

– Você está aqui para a convenção então? – perguntei, tentando ser educado.

– Claro! Vim aqui só para te ver! – ela disse animada. – Dá pra acreditar nisso? Quais as chances de você estar hospedado no *mesmo* hotel que o meu? E no *mesmo* andar? Me belisca pra eu ter certeza de que não estou sonhando!

Ela me ofereceu o braço para beliscar, mas eu cautelosamente levantei as mãos em recusa.

– Acho melhor não. Tenho uma política de não beliscar fãs, desculpe.

Ela pareceu meio decepcionada, mas logo se recuperou, sorrindo animadamente.

– E que tal assinar esse magnífico pôster do ator mais maravilhoso do planeta? – ela sugeriu, brincalhona, me oferecendo o tubo como se fosse a maior das relíquias.

– Isso eu posso fazer. Tem uma caneta?

Após uma frenética procura em sua bolsa, uma caneta me foi apresentada.

– Pode dedicar para "Rey"? Com "Y"– ela instruiu. – E você poderia escrever aí: "Para minha colega de hotel?" Porque ninguém vai acreditar quando eu contar essa história, mas se estiver escrito aí tenho provas para mostrar, não é? E se não for muito incômodo posso tirar uma foto com você também? Não posso desperdiçar essa chance! Ainda não estou acreditando que você está aqui, *do meu lado*!

Com o pôster devidamente autografado e a dedicatória e as fotos feitas, eu me despedi dela no andar térreo com um breve aceno de cabeça. O lobby do hotel estava deserto quando cheguei ao balcão da recepção. Um minuto depois, Rey se aproximou timidamente e parou ao meu lado, parecendo embaraçada por estar ali.

– Não estou te perseguindo não, juro! – ela se explicou quando viu meu olhar curioso em sua direção. – Só estou aqui para deixar a chave do quarto. Normas do hotel.

– Claro – concordei, já que estava parado ali pelo mesmo motivo.

Não havia ninguém na recepção para pegar as chaves, então resolvi checar mensagens no meu celular enquanto esperava pela recepcionista. A última mensagem havia sido do meu agente, enviada um pouco antes do meu embarque no avião, com informações da reserva do hotel, horários e nomes da organização do evento. E nada mais. Nenhuma outra mensagem depois disso. Nem de meu agente, nem de mais ninguém. Ninguém da produção do evento querendo confirmar minha presença no painel, ninguém preocupado com meu atraso ou cobrando explicações. Nada.

– Estranho... – resmunguei, verificando se não havia alguma mensagem perdida em algum lugar, e só então percebi que estava sem sinal. Tentei então ligar para meu agente, mas a ligação não completava também. Olhei para o lado discretamente e vi que Rey também estava tentando fazer seu celular funcionar, movendo-o para os lados para tentar conseguir algum sinal.

– Seu celular também não está funcionando? – perguntei curioso.

– Não. Estranho, né? – ela respondeu, apertando com o dedo na tela freneticamente. – Não consigo postar nossa foto em nenhum lugar. Nem mandar mensagem pra ninguém contando o que aconteceu, droga! Talvez alguém da recepção possa nos ajudar...

Me debrucei sobre o balcão e chamei alguém para nos atender, mas o lugar parecia abandonado. Olhei ao redor, e só então percebi que não só não havia nenhum funcionário do hotel por perto mas também não havia hóspedes, visitantes, ninguém em lugar algum. O saguão, o lobby, a área de espera, as lojinhas de suvenires, a entrada, estavam todos completamente vazios.

– Talvez todo mundo tenha ido para a convenção? – eu disse. – Em cidades pequenas como esta, geralmente não se tem muita coisa para fazer. Talvez todo mundo esteja por lá?

– Todo mundo, inclusive os funcionários do hotel? – ela disse incrédula, e começou a berrar, chamando por qualquer pessoa que pudesse estar por perto para nos ajudar, mas ninguém apareceu e continuamos sozinhos na recepção.

– Talvez tenham feito uma simulação de incêndio e todos foram retirados do hotel? – Eu sugeri.

– Mas teriam nos avisado se fosse o caso, não teriam? – ela indagou.

– Talvez tenham tentado, mas não escutamos o telefone.

– É, pode ser. Eu pretendia tirar uma soneca de meia hora depois do almoço, antes de ir para a convenção, mas acabei dormindo a tarde toda. Talvez tenham ligado no quarto e eu não ouvi, mas sei lá... Isso aqui tá muito estranho.

– Tenho certeza de que deve haver uma explicação. Vou tentar pegar sinal lá fora do hotel. Meu agente pode saber o que está acontecendo.

– Olha só, novamente, não querendo parecer que estou te perseguindo nem nada do tipo, mas eu vou com você, tá bem? – Rey disse, me seguindo com passinhos rápidos e olhar preocupado. – Eu que não fico aqui neste lugar sozinha.

Dei uma olhada de esguelha para ela, tentando não rir da sua cara de preocupação.

–Você é fã do meu show, mas tem medo de ficar sozinha?

– Uma coisa é ver na televisão, outra bem diferente é ver na vida real – ela retrucou, ressabiada. – Além do mais, você vem de uma longa linhagem de caçadores que lutam contra todo tipo de criaturas assustadoras. Pra você é fácil não ter medo.

– Eu sou somente um ator que *finge* ser caçador, Rey – eu disse, rindo, mas parei sobressaltado quando pisei para fora do hotel.

Não havia uma alma viva lá fora. Não havia nenhum carro passando, nenhuma pessoa caminhando nas calçadas e ninguém nas ruas.

Rey parou do meu lado e colocou a mão sobre a boca, assustada.

Olhei para todas as direções, confuso, até decidir que estava cheio dessa história maluca.

– Ok, pessoal. Já chega. Tudo isso é muito engraçado, mas minha paciência já acabou. Confessa, garota, onde estão as câmeras?

– O q-quê? – ela perguntou, parecendo mais confusa do que eu.

– As câmeras escondidas. Isso só pode ser uma pegadinha. Pode confessar, isso tudo foi combinado, não foi? Fazer todo mundo sumir do hotel foi mediano, mas tenho que admitir que estou impressionado com vocês fechando a rua toda, só pra me pregar esse trote. Parabéns, gente, mas podem parar. Já deu.

Rey olhou para os lados, fazendo uma cara animada enquanto arrumava seus cabelos.

– Tem câmeras filmando a gente? – ela perguntou em um tom ansioso.

– Onde estão? Puxa, não tô acreditando que pude te conhecer e vou aparecer na TV, tudo no mesmo dia!

– Peraí, você não está metida nisso? – perguntei, cheio de suspeita.

– *Eu?* Não! – ela negou, ofendida – não sei de nada, não!

Olhei ao redor mais uma vez, esperando alguém aparecer para acabar com a brincadeira de uma vez por todas, mas nada aconteceu. – Pessoal! Vamos acabar com isso? – gritei para a rua, com os braços abertos. – Isso já está ficando cansativo. É sério. O jogo acabou.

Alguns segundos mais de espera, e *nada*. Bufei, irritado, e peguei meu celular para tentar ligar para o meu maldito agente, que havia deixado essas pegadinhas idiotas acontecerem sem minha autorização, mas o celular continuava sem sinal.

– Maldição de celular que não pega! – grunhi ao ouvir o sinal de sem serviço. – Veja se o seu está funcionando, garota.

Ela puxou o celular do bolso, teclou por alguns instantes antes de se virar para mim, balançando a cabeça em negativa. – Talvez se a gente for para a convenção, a gente consiga descobrir alguma coisa por lá... Fica só a algumas quadras daqui – ela sugeriu, esperançosa.

Concordei, porque o que mais iria fazer? Ficar parado aqui no meio da calçada feito um idiota? Comecei a aceitar de verdade que não estávamos em nenhuma pegadinha quando começamos a caminhar rua abaixo. Nenhuma produção de TV conseguiria tirar todas as pessoas da cidade daquele jeito. As lojas do quarteirão inteiro estavam abertas, mas sem ninguém dentro para cuidar das mercadorias. Não havia ninguém nas calçadas, nos prédios, nem mesmo nos andares de cima. Parecia que estávamos andando em uma cidade fantasma.

– Você acha que é possível terem evacuado a cidade toda, mas esqueceram de avisar a gente? – Rey perguntou, espiando para dentro das lojas abandonadas.

– Sei lá... pode ser – eu disse.

O sol estava se pondo quando chegamos ao pavilhão da convenção. O lugar também estava deserto. Passamos pelas catracas da entrada e percorremos o local, procurando entre os estandes de exposição, mas não encontramos ninguém. Telões com propagandas de séries e filmes passavam sua programação normalmente, mas não havia nenhum olho por ali para assistir. Gritamos pelos corredores, tentando chamar a atenção de alguém, mas nenhuma boca nos respondeu.

– Estou começando a ficar seriamente nervoso com isso – resmunguei, preocupado.

– Que tal se tentarmos voltar e entrar em um café que vi no caminho para cá? – Rey deu a ideia. – Talvez tenham wi-fi funcionando, a gente pode tentar ver se consegue ligar para alguém de lá.

Dei de ombros.

– Estou sem ideias. Por mim, vale a pena tentar.

Fizemos o caminho de volta para o hotel e paramos no café para tentar nossa sorte com a internet. A sorte que encontramos lá dentro acabou sendo boa e ruim: ruim, porque não tinha internet ali. E boa, porque *finalmente* encontramos alguém.

– Olha! Tem alguém aqui dentro! – Rey exclamou.

Uma garota aparentemente um pouco mais nova que Rey se encontrava perto da caixa registradora com seu celular erguido para o alto.

A menina se virou em nossa direção com um pulo e quase deixou o celular cair no chão de susto.

– Pessoas! Finalmente! – a menina gritou, colocando a mão sobre o peito.

Ela era uma garota baixinha e de corpo atarracado, com olhos negros e miúdos. Mas o que mais chamava a atenção eram seus longos cabelos brancos que lhe cobriam inteiramente as costas.

– Achei que tinha ficado maluca! – a garota disse, se aproximando da gente. – Estou andando faz um tempão por aí e não encontro ninguém. Vocês podem me dizer o que está acontecendo? Onde está todo mundo? Meu celular não está funcionando. Pensei que talvez conseguisse algum sinal neste café, mas parece que não tem conexão em nenhum lugar nesta cidade.

– Ah, não! A gente também entrou aqui para tentar ver se tinha sinal. Acabamos de vir da convenção no fim da rua. Estamos desesperados tentando fazer nosso telefone funcionar. Meu nome é Rey. E o seu?

– Eu sou Berta – a garota se apresentou. – Vocês também vieram para a convenção? Eu vim participar do concurso de cosplay e acabei pegando no sono na antessala reservada para a gente se arrumar. Quando acordei, não tinha mais ninguém por lá, no pavilhão inteiro.

– Sim, nós sabemos! Acabamos de voltar de lá. Eu comprei ingressos só para poder ver esse aqui. – Rey disse, apontando para mim. – E ele veio pra... bem, pra ser visto, lógico.

Berta se virou para mim e eu fiz uma breve continência como saudação. Demorou alguns segundos para que ela me reconhecesse, mas eventualmente seu cérebro fez as conexões necessárias e logo seus olhos estavam se arregalando.

– Ai! Não pode ser! Não tô acreditando!

Rey soltou uma gargalhada – eu pensei a mesma coisa! Fiz essa mesma cara que você está fazendo também.

– M-mas, é e-ele mesmo? De verdade? Em carne e osso?

– É, sim! Não é o máximo?

Após muitas risadinhas abafadas e as duas se cutucando por infindáveis minutos, decidi acabar com tanta bobagem.

– Pessoal! Que tal parar com isso, por favor? – Pedi, rolando os olhos para as duas. – A gente precisa descobrir urgentemente o que está acontecendo aqui.

– Será que interditaram o bairro para filmar um filme seu? Eu ouvi dizer que diretores costumam fazer esse tipo de coisa, não é?

– Fechar um bairro inteiro no meio do dia é irrealista, pra não dizer impossível. E acredito que teria sido notificado, se fosse o caso. *Ouvi dizer* que os atores que estão sendo filmados têm que saber sobre essas coisas, sabe? – eu disse, sarcástico.

– Talvez a gente tenha sido abduzido por aliens então? – foi a vez de Rey sugerir.

– E levaram a gente para um planeta sem ninguém, e *igualzinho* ao nosso? – retruquei.

– E se a gente morreu dormindo e estamos em um tipo de purgatório?

– Nós três morremos ao mesmo tempo? Me parece pouco plausível – argumentei. – O que a gente precisa mesmo é achar um jeito de dar o fora daqui.

– Eu tenho um carro – Berta comentou. – Está estacionado logo ali, virando a esquina.

– Mesmo? – me virei para ela, animado ao ouvir a primeira boa notícia do dia.

– Sim. Moro em uma cidade a três horas daqui. Ia vir de ônibus, mas achei melhor pegar o carro porque tinha que trazer um monte de coisas para o meu cosplay. Ainda bem, né? Senão estaríamos presos aqui. Para onde vocês querem ir?

– A gente pode tentar dirigir por aí, ver se encontra alguém pelas ruas? – Rey propôs.

Após uma breve discussão na frente do carro, decidiram que eu iria dirigir. Rey convenceu Berta a deixá-la sentar ao meu lado, no banco do passageiro, e Berta apesar de ser a proprietária do carro acabou ficando no banco de trás, espremida entre sacolas, um casaco trench coat bege, um par de asas gigantes postiças e outras dúzias de adereços que ela havia trazido para montar suas fantasias.

– Dá para acreditar que estamos dirigindo juntos pela cidade procurando desvendar um mistério? Parece que estamos dentro de um show de TV, não parece? – ouvi Rey sussurrar para Berta.

– Por que será que só nos três conseguimos escapar desse desaparecimento em massa? – perguntei enquanto dirigia lentamente rua acima, passando por calçadas vazias e lojas abandonadas. – Tem que ter alguma explicação para isso...

– Bom, eu acabei caindo no sono depois do almoço – Rey comentou ao meu lado. – E a Berta disse que dormiu lá na sala de cosplay da convenção, não foi? Talvez tenha algo a ver com o fato de a gente estar dormindo?

– Mas e ele? – Berta perguntou, fazendo um sinal com a cabeça na minha direção. – O que ele estava fazendo quando todo mundo sumiu?

– Estava no meu quarto no hotel. Cheguei de um voo infernal na parte da manhã e acabei cochilando o dia todo também. Acordei faz pouco tempo – respondi.

– Então só pode ser isso mesmo! – Rey conclui em tom de triunfo. – Pessoas que estavam dormindo acabaram não sendo levadas.

– Mas levadas para onde? Por quem? E por quê? – eu perguntei.

– Eu sei lá – Rey disse, dando de ombros. – Mas por que estamos voltando para o hotel? – ela perguntou, apontando para a entrada espelhada do *Pierre de Saint-Cloud*.

– O quê? Não pode ser, passamos pelo hotel há muito tempo atrás e eu estou dirigindo em linha reta. Será que é uma outra filial?

– Não, definitivamente é o nosso hotel, o número é o mesmo, olha lá – ela disse.

– Esse dia não para de ficar cada vez mais esquisito... – resmunguei nervoso, e segui com o carro adiante. Minutos depois, estávamos passando novamente na frente do hotel.

Rey olhou para mim e para o hotel em silêncio, com os olhos esbugalhados de medo.

– Sem querer apontar o óbvio aqui, mas acho que tem *alguma* coisa de errado com esta rua – ela comentou baixinho.

Segurei o volante mais firme e pisei fundo no acelerador, para logo passar na frente do hotel minutos depois. De novo. Decidindo que já bastava dessa história de ficar preso nesta rua, virei com tudo na próxima entrada à direita, pneus cantando e as meninas segurando nos bancos com força para não serem jogadas para o lado. Estávamos indo para uma direção completamente diferente agora e não haveria nenhuma chance de passar na frente daquele hotel de novo.

Só que passamos. *De novo*, e de novo, e de novo... Não importava a rua que escolhêssemos seguir, não conseguíamos sair da frente daquele hotel maldito. Parei com o carro no meio da rua e bufei, frustrado. Não sabia mais o que fazer, porque continuar dirigindo obviamente não estava dando em lugar nenhum. Literalmente.

– E agora? O que a gente faz? – Rey perguntou, se virando para poder olhar para mim e para Berta, sentada no banco de trás.

– Não faço ideia – eu disse, tentando disfarçar o tom de desespero da minha voz.

– Mas você não tem uma série de TV sobre coisas esquisitas? – Berta perguntou.

– E o que isso tem a ver?

– Ué, você deveria saber o que fazer, então. Está acostumado com esse tipo de coisa.

– Olha, em primeiro lugar, não, eu não sei o que fazer porque isso aqui é vida real, e o que acontece no meu show é tudo faz de conta. E nem sou eu que invento nada, eu recebo um script e decoro as falas. E em segundo lugar tudo de "esquisito" que acontece no meu show vem de efeitos especiais. Não tem mistério algum, é tudo truque. O que está acontecendo aqui é completamente diferente, porque não tem explicação ou lógica nenhuma.

– Vai saber se algumas das criaturas que você inventou para o seu show não existem de verdade e acabaram te seguindo até aqui e estão provocando tudo isso? – Berta insistiu.

– Eu já disse, eu não invento coisa alguma, os roteiristas é que criam essas coisas – retruquei, irritado. – E "essas coisas" não existem, pessoal. É tudo invenção da cabeça dos caras.

– Você está dizendo então que faz parte de um show sobre seres sobrenaturais, mas não acredita nisso? Fala sério! – Rey perguntou, parecendo ofendida.

– É claro que eu não acredito nisso! É tudo ficção, pessoal. Vocês por acaso acreditam?

– O que mais pode explicar o que está acontecendo aqui agora com a gente? – Rey disse, cruzando os braços e me encarando enfezada. – Vai ver que esse é *exatamente* o problema. Você irritou algum ser mítico sobrenatural qualquer aí em algum episódio do seu show, e ele agora está te colocando neste loop eterno para te ensinar uma lição. Mas não sei o que eu ou a Berta temos a ver com essa história toda. A Berta só queria se divertir com seus cosplays e eu acredito *em tudo*, não mereço ser punida pelo seu ceticismo, Senhor Não-Acredito-Nessas-Coisas.

– Então você está dizendo que para sair dessa loucura aqui, eu tenho que acreditar em sandices agora, é isso? – perguntei, também cruzando os braços, emburrado.

– Exatamente.

– Isso não faz o menor sentido! – reclamei.

– Se tiver uma sugestão melhor, sou toda ouvidos.

Bufei por mais alguns minutos, tentando achar uma outra solução, mas acabei não conseguindo pensar em nada.

– Tá bom – eu disse, soltando um suspiro de derrota. – Eu topo tentar sua sugestão, pode ser que você esteja mesmo certa. Vamos dizer que eu acredito nessa maluquice toda. Segundo sua teoria, devemos conseguir sair daqui, agora que concordei com isso, certo?

Dirigi novamente rua acima, mas não precisei esperar muito para perceber que nada havia mudado quando a entrada do hotel apareceu lá adiante na quadra.

– Bom, seu plano brilhante não funcionou – avisei em um tom irritado. – Tudo continua igual e ainda continuamos presos aqui.

– Claro que não funcionou – Rey resmungou do meu lado. – Com essa sua atitude aí, não ia funcionar nunca mesmo.

– Como assim? – perguntei confuso.

– Você concordou só por concordar, pra sair de uma sinuca, mas não acredita de verdade. É como rezar por alguma coisa sem ter fé. Não funciona assim. Você não engana ninguém, fingindo desse jeito, por melhor ator que seja. E nem atuando bem você está, porque está estampado na sua cara que não acredita em nada do que eu falei.

– Cara, essa sua teimosia não vai nos levar a lugar nenhum. Só vai deixar a gente preso para sempre aqui – Berta argumentou, tentando ajudar a amiga.

Soltei um suspiro alto.

– Tá certo, gente. Não tem nenhuma resposta lógica que explique o que está acontecendo, só pode ser algum fenômeno sobrenatural mesmo, alguma entidade de outro mundo ou algo do tipo que consiga fazer pessoas desaparecerem assim e nos forçar a ficar presos desse jeito aqui. Eu acredito de verdade nisso, não estou atuando agora, é sério. Estou falando tão sério, que até farei uma promessa para *quem quer* que esteja nos ouvindo. Vou conversar com os roteiristas do meu show e vamos fazer um episódio inteiro sobre o que aconteceu aqui comigo.

Rey se virou para mim, fazendo uma cara de espanto.

– Sério? Vai mesmo fazer isso?

– Claro. Eu juro que sim. O mundo inteiro vai poder ver que eu aprendi minha lição. Como você mesma falou, quem quer que esteja se sentindo prejudicado por mim terá um pedido de desculpas pela TV. O que acham? Será que essa promessa é o suficiente para fazer a gente sair daqui?

– Agora sim, você está levando o assunto a sério! – Rey disse, com um sorriso largo no rosto. – Vamos tentar mais uma vez. Pisa fundo e segue em frente!

Acelerei pela rua, olhando ansioso para os lados para tentar ver se estávamos voltando para o hotel ou não, quando uma placa escrita "Aeroporto" que nunca havíamos visto antes apareceu no final do quarteirão, e todos nós comemoramos com gritos de vitória dentro do carro.

Nem cogitei em voltar ao hotel para pegar minhas malas, não queria arriscar ficar preso naquele loop maldito novamente por nada neste mundo, principalmente por um punhado de roupas sem importância. A mala que ficasse por lá, porque eu estava indo para o aeroporto o mais rápido possível. Assim que paramos na área de desembarque e espiamos por entre as portas automáticas de vidro, conseguimos ver pessoas circulando despreocupadas dentro, como se nada de estranho estivesse acontecendo no mundo.

– Você tem certeza de que não quer vir também? – perguntei a Rey, ao saltar para fora do carro, ansioso para ir embora logo.

– Eu vim para a cidade só pra tentar pegar o seu autógrafo, então não faz muito sentido voltar para a convenção e ver se as pessoas apareceram por lá ou não – Rey disse, abraçando seu pôster autografado. – Além do mais, a Berta está indo embora e disse que pode me dar uma carona. Moro em uma cidadezinha no meio do caminho para a cidade dela, vamos poder conversar sobre essa maluquice toda que aconteceu com a gente na viagem de volta para casa – ela confessou, rindo.

– Bom, boa sorte para vocês então. Eu vou pegar o primeiro voo pra fora daqui.

As duas garotas ficaram dentro do carro, olhando a entrada do aeroporto por alguns minutos mais, até decidirem que era hora de ir embora.

– Está feliz com o autógrafo que tanto queria? – Berta perguntou a Rey, que continuava abraçada ao pôster amado, enquanto dirigiam para fora da cidade.

– Ainda não acredito que consegui um autógrafo dele! E uma foto juntos também! Eu já te mostrei a foto que tiramos juntos? Deixa eu pegar aqui no meu celular – Rey disse, mostrando a foto, toda orgulhosa. – E ainda por cima andamos com ele pela cidade, como se fosse um dos episódios do show! Foi demais, não foi?

– Foi bem divertido mesmo – Berta concordou, sorrindo. – Você acha que ele vai cumprir a promessa que fez?

– Não importa. O que importa mesmo é que ele realmente

acreditou em mim. Pude até sentir quando ele falou a verdade. Deu um comichãozinho no peito aqui. Vou me lembrar pra sempre desse dia... – Rey disse, soltando um longo suspiro de felicidade.

– Fico feliz que tenha se divertido hoje, tia. Faz mais de um século que não te vejo assim tão contente.

– Foi mesmo especial. Nem com o autógrafo do William fiquei tão empolgada assim – Rey disse com um sorriso de canto a canto na boca.

– Pois é, mas na época Shakespeare nem era tão famoso assim, né? – Berta comentou, dando risada.

– Ele era muito bom com a pena, mas temos que admitir que não era tão bonito de se ver como esse aqui – Rey confessou, abraçando seu pôster e dando uma risadinha atrevida.

– Já pensou quem será o próximo nome da lista? Qual a próxima celebridade iremos encontrar? A gente tem que pensar em um outro esquema, artistas costumam conversar entre si e não podemos ficar repetindo o mesmo truque ou vão começar a ligar os pontos.

– Temos todo o tempo do mundo para pensar em uma nova pegadinha, Berta, relaxa.

– Tá certo, Reynard. O importante é continuar com o negócio da família, pregando peças, caçando autógrafos de celebridades, né?

– Exato! Acelera aí, que temos uma longa estrada à frente – Rey disse, e Berta pisou fundo no acelerador, fazendo o carro desaparecer lentamente no horizonte.

AMIGO DE LATA

AIMEE OLIVEIRA

ELA PASSA MUITO TEMPO COM ROBÔS, ACABOU FICANDO SEM PACIÊNCIA PARA HUMANOS. EU TAMBÉM PASSO MUITO TEMPO COM ROBÔS, MAS ACHO QUE COMIGO ACONTECEU O CONTRÁRIO, OS HUMANOS É QUE NÃO TÊM MUITA PACIÊNCIA COMIGO

Na minha sala os alunos se sentam em dupla. No recreio se reúnem em grupos. De quatro, de seis, oito no máximo.

Vejo um grupo de oito correndo pelo pátio. São muito rápidos, passam por mim e nem me veem. Acho que também não me veria se tivesse sete outras pessoas para olhar.

Caminho de volta para a sala, onde pretendo terminar o que sobrou do lanche, sentada em minha mesa.

Digo minha porque não divido a mesa com ninguém. Cheguei ao colégio no meio do ano e os outros alunos já tinham suas duplas e suas mesas. Além do mais, todos eles são mais velhos que eu. Um ano, pra ser exata. Em idade. Às vezes acho que parecem ainda mais velhos.

É minha primeira escola de verdade e não sei direito o que fazer. Não temos aula de *Como Lidar com o Resto da Turma*, mas deveríamos. Talvez tenha sido uma matéria dada justamente nos anos que pulei.

Ao chegar à porta, tomo um susto. Pulo, e me escondo atrás da lixeira. Mamãe sai de lá furiosa.

–Você acha mesmo que eu não estou ciente da situação? Que tipo de mãe você pensa que sou?

– O tipo que acha saudável a filha estudar com robôs por anos a fio – a resposta vem de dentro da sala. – Claro que a menina enfrentaria dificuldade.

– Quem você pensa que é para... – de repente, mamãe se vira e inclina o corpo. Sou descoberta. – Milena, levanta do chão. Você não tem noção da quantidade de germes que essas outras crianças são capazes de carregar? Nem todas elas têm um robô desinfetador em casa.

Faço que não com a cabeça, porque realmente não consigo imaginar. Sem robôs desinfetantes, quem iria limpar as coisas nojentas do banheiro?

O professor Telles coloca a cabeça para fora da porta e arregala os olhos quando me vê.

– Oi, Milena, não tinha te visto por aí. Pronta para mais uma aula sobre o maravilhoso mundo dos livros?

Balanço a cabeça para dizer que sim. Eu amo o maravilhoso mundo dos livros. Ele não é assustador como o mundo das pessoas.

Entro na sala quase feliz por estar na hora de a aula começar. Só não fico feliz de verdade porque, mesmo estando furiosa e tudo o mais, dá para ver que os olhos de mamãe estão cheios de água.

Ela passa muito tempo com robôs, acabou ficando sem paciência para humanos. Eu também passo muito tempo com robôs, mas acho que comigo aconteceu o contrário, os humanos é que não têm muita paciência comigo.

Passa a quinta, a sexta. Sozinha.

Sábadoedomingo assim, bem rápido. Eu e os robôs.

De novo segunda.

Sozinha.

Terça.

Sozinha.

Quarta...

Mamãe chega do trabalho arrastando uma caixa prateada. Tem meu nome nela. Na caixa, não na mamãe.

Acho maravilhoso ganhar presentes.

Começo a desembrulhar com o maior cuidado para não rasgar o papel. Mas mais bonito mesmo é o que está dentro da caixa.

Um robozinho!

Acho que o mais lindo que já vi.

Mamãe me ajuda a puxá-lo para fora da caixa.

– Doze quilos – ela diz ao mexer dentro do cabelo dele, logo em seguida ouço o barulho de um botão. – Vinte e quatro horas de bateria. Atividades educacionais e recreativas. Câmera, microfone, saída para fone e um monte de outras funções, tentei pensar em tudo que uma criança de 12 anos precisa. Você pode levá-lo para onde quiser.

O robô acende os olhos quando termina de ligar. Nunca vi um desse jeito. No geral, os robôs que mamãe faz são feitos de aço, brilhantes e elegantes. A palavra-chave, ela sempre diz, é *funcionalidade*.

Nesse, é tudo diferente.

Ele é colorido, alguém fez uma pintura muito bonita imitando roupa no metal, ele tem até cabelo. É ruivo, que contrasta com a luz dos olhos verdes. Também tem uma tela no meio da barriga e é um pouquinho menor que eu.

Parece uma criança de verdade. Eu fico pasma.

– Oi, qual é meu nome? – o robô pergunta.

Olho para mamãe em busca de uma resposta, os robôs que ela faz já vêm todos com nome. Meus professores se chamavam RD217, para matérias exatas, DR222 para matérias humanas, e ID505, para idiomas. Eles ficaram na outra casa, a que eu morava antes de a gente se mudar para cá.

– Oi, qual é meu nome? – o robô pergunta num volume mais alto.

– Se você demorar a responder, ele vai perguntar em outro idioma – mamãe informa enquanto mexe no controle do robô, que arruma a casa para recolher os papéis do embrulho.

– E-eu posso escolher qualquer nome do mu-mundo? – eu pergunto, só para me certificar.

– Qualquer um que você saiba pronunciar.

Ele pisca os olhos verdes para mim, dá para notar que é um robô especial. Logo, merece um nome especial. Tento pensar em um que seja assim. Igual ao nome dos personagens dos livros que o professor Telles me empresta. Lembro do meu livro preferido:

– O que vo-você acha de Ti-Timóteo?

– Timóteo significa aquele que honra os deuses, de origem grega – ele responde.

– O-oi? – pergunto.

– O sistema operacional dele conta com um ótimo dicionário, pensei que iria te ajudar nos textos que você escreve e nunca me deixa ler – mamãe responde, fazendo muxoxo.

Encolho os ombros e volto minha atenção para Timóteo. Ele ri quando toco um dos botões no braço dele.

– Esse serve para ativar o microfone – ele explica.

Fico me perguntando quantos tipos de funções ele é capaz de desempenhar. Vai ser um belo passatempo no recreio da escola. Será que eu consigo mudar a cor dos olhos? Ia ser engraçado ter um robô com olho rosa. Aposto que meus colegas de classe nunca viram um assim.

Mexo nas configurações de Timóteo até a hora de dormir.

Quando ele me dá boa-noite, eu sei que é de verdade.

Com a luz rósea dos novos olhos de Timóteo iluminando meu quarto, deixo de lado a preocupação de ser tão difícil me comunicar com as crianças da minha sala. O temor de gaguejar bem na hora que eu conseguir falar também vai me deixando à medida que meus olhos vão fechando.

Se eu gaguejar falando com Timóteo, não tem problema, robôs

simplesmente não ligam. Eles não riem, eles não apontam o dedo. Eles não me chamam de Mi-mi-Milena. A ga-ga-gaga.

II

Timóteo anda sobre rodinhas. Basta subir nos pés dele para não precisar andar até a escola.

– A velocidade está boa? – Timóteo, que já chamo de Timmy, pergunta.

– Um pouco mais rápido, po-por favor.

Não é porque eu tenho um robô superlegal que vou poder chegar atrasada na aula. O professor Telles não gosta de modernidade, e muito menos de atrasos. Tento entrar na sala sem fazer barulho, mas Timmy meio que chama a atenção.

– Uau, de onde saiu isso? – uma menina chamada Ingrid pergunta quando passamos ao lado dela.

– Lorena Arantes me construiu para Milena – Timóteo para e responde.

– Lorena é sua mãe, né? – Ingrid me pergunta.

Faço que sim mais vezes que o necessário com a cabeça.

É a primeira vez que ela fala comigo.

Ou talvez não, pode ser que ela tenha falado comigo durante a primeira semana de aula.

Barulho.

Correria. Fiquei horrorizada, não conseguia prestar atenção em nada.

Quando eu morava na minha outra casa, quase não saía de lá. Não precisava. Os robôs faziam tudo por mim. Era muito confortável. Bem que mamãe avisou que a vida na cidade grande ia ser diferente.

– Legal – Ingrid diz apontando para os olhos.

Timóteo pisca a luz que ele tem no buraco da boca, o que funciona mais ou menos como um sorriso. Eu faço a mesma coisa, mas sem a iluminação arroxeada de Timmy, porque não conto com nenhuma ajuda de LED.

Ingrid sorri de volta para a gente. Puxo Timmy até o fim da fileira. Os passos do professor Telles ecoam pelo corredor.

– Prontos para embarcar em uma nova aventura? – o professor fala assim que entra na sala.

Todos respondem que sim, cheios de ênfase. Todos, incluindo eu.

Todos, incluindo até Timóteo.

III

O professor e eu temos um combinado, faz parte do meu programa de adaptação à escola. Talvez seja a única parte da adaptação em que vou bem. Toda semana faço uma redação sobre um assunto qualquer para entregar a ele.

Ele sempre me devolve a redação da semana anterior corrigida e comentada. Os comentários dele são feitos à mão. Ele é a única pessoa que eu conheço que escreve desse jeito.

Mamãe acha que escrita à mão é uma prática obsoleta. É por isso que eu não mostro as redações a ela. Porque sendo obsoleta ou não, eu continuo achando bonita.

– Adorei o que você escreveu sobre os robôs cozinheiros – diz o professor me entregando o papel. – Eu não fazia ideia de que eles eram tão temperamentais.

– *Elessão* – eu digo, sem gaguejar, mas, ao mesmo tempo, rápido demais.

Vasculho minha mochila para encontrar a pasta onde guardo as redações. Timmy vira o feixe de luz rosa dos seus olhos para ajudar a iluminar o interior, acho a pasta num segundo. Ele é muito prestativo.

– E o que você tem para me dizer sobre isso? – o professor pergunta, indicando Timóteo com o queixo.

– Meu nome é Timóteo, significa aquele que honra os deuses, em grego – Timóteo responde, estendendo a mãozinha na direção do professor.

O professor olha para a mão dele, mas não aperta. Em vez disso, olha para mim.

– Ele serve para quê?

– Para ser meu a-amigo – respondo, desta vez gaguejando.

A sensação tranquila que sinto na presença do professor Telles se evaporou no momento em que ele não apertou a mão de Timóteo.

Meu robô estava apenas sendo educado. Qual o problema?

Mas o professor tem um problema.

– Diga à Lorena que quero falar com ela, sim?

– Ma-mas po-professor! – eu tento r, mas sai tudo horrível. Tudo volta.

Faz quase dois meses que eu entrei na escola e mamãe já foi chamada aqui quatro vezes. Eu não gosto disso, nem ela. Por mais que ela tente esconder, dá para ver que ela sai daqui irritada e triste. E começa a falar do papai.

É chato falar do papai, porque a gente nunca mais vai vê-lo. Ele disse que não quer ver nossa cara nem pintada, eu não sei o que isso significa direito, talvez eu deva pesquisar na área de busca de Timóteo, mas o que importa mesmo é que sinto saudade.

– Não é nada de mais, Milena, fique tranquila – o professor diz se abaixando e olhando bem nos meus olhos – Eu apenas quero falar com sua mãe para explicar alguns pontos da reunião anterior. Nós concordamos que ela iria pensar numa solução e até agora ela não achou nenhuma. Eu pensei em várias, por isso quero falar com ela, talvez eu possa ajudar.

– Solução – diz Timóteo. – Aquilo que resolve, soluciona problema, dificuldade etcétera. Saída, recurso.

Enquanto Timmy fala sua definição, eu me pergunto como posso ficar tranquila sabendo que meu professor preferido não percebeu que mamãe tinha sim pensado numa solução.

A solução é Timmy.

IV

Mamãe chega ao colégio para a reunião depois de as aulas terminarem. O professor a acompanha pelo corredor até a sala dele e eu fico com Timóteo, sentada num banco ali perto.

Assim que a porta se fecha, coloco Timóteo para caminhar na marcha mais lenta, sem fazer barulho. É tão devagar que me dá agonia, mas não quero que nos descubram. Não quero que mamãe e o professor Telles achem que eu sou fofoqueira.

Só estou preocupada com o que eles andam conversando nessas reuniões. É por isso que colo o ouvido na porta.

– ... Um *robô*? Eu digo para você que Milena está com problemas para interagir com a turma e você resolve dar a ela um *robô*?

Nunca ouvi o professor tão alterado, nem consigo imaginar qual seja a cara de bravo dele, mas consigo imaginar a de mamãe. Rosto franzido, olhos arregalados. Mãos na cintura.

– Quer fazer o favor de falar baixo? – ela reclama. – Milena pode estar ouvindo atrás da porta.

– Ela não faria isso. Faria?

Depois disso não ouço mais nada. Entro em desespero. Quero ouvir o resto. O professor não gostou de Timóteo, isso eu já sabia, mas preciso saber o que vai ser feito dele.

Timmy pisca seus olhos uma vez atrás da outra pra mim e aparece uma seta na sua barriga, apontando para a esquerda, na altura do seu braço, onde tem o botão de microfone. Como ele é esperto! Tiro o fone de ouvido que deixo guardado num compartimento do seu ombro e plugo em suas costas.

O microfone é tão potente que consigo ouvir as batidas das unhas de mamãe no tampo da mesa.

– Qual é a lógica disso, Lorena? Desse jeito ela só vai se isolar ainda mais.

– Me dá um tempo, Antônio, você nem o conhece direito. Nem sabe para que ele serve.

– Ele quem? O *robô*? Foi com você que ela aprendeu a tratar robôs como pessoas?

– Às vezes eles são mais úteis do que pessoas. E com Milena vai funcionar, você vai ver, se me der tempo. E prestar bastante atenção.

– Eu sempre presto atenção em Milena. Está duvidando da minha dedicação?

– Não. Eu estou agradecida por ela. Agora, se você me der licença, eu tenho outros robôs para inventar. Vamos ver se até o final do mês você descobre a função de Timóteo.

– E, se nada mudar até o final do mês, eu faço o quê? – ele pergunta.

Não consigo ouvir a resposta. Os passos do salto de mamãe ecoam nos meus fones de ouvido. Mais do que depressa eu e Timmy nos afastamos e fingimos jogar um jogo qualquer na barriga dele.

Eu nem sei jogar o tal jogo.

V

Não demoro a perceber que Timóteo é um robô bastante intrometido. Ele fala com qualquer um e se mete onde não é chamado. Deve ser bom ser robô e não ter que se preocupar em ter sentimentos, como timidez, por exemplo.

– Oi, meu nome é Timóteo – ele diz para *qualquer um* que passa pelo corredor.

Uns ignoram, uns dão *tchauzinho*, outros respondem. Para os que respondem, ele sempre completa:

– E o nome dela é Milena.

Aí eu sou obrigada a dar um tchauzinho, e o pobre aluno se vê na responsabilidade de responder. Muito constrangedor.

– Não. Você preci-cisa parar. Vou falar com a mamãe assim que ela der uma pausa no tra-trabalho astro-astro-astronômico...

– Astronômico. Relativo ou pertencente à astronomia.

– Não era esse astro-astronômico que eu tinha em mente – respondo.

Tenho quase certeza de que ele seguiria para a próxima definição de astronômico, se não fosse um grupo de meninos da sala sentados no corredor. Ele já tinha dito "Oi, meu nome é Timóteo" tantas vezes para eles que agora começou a ser tratado como conhecido.

E eu como a amiga do conhecido.

– Ei, Timmy, sabe jogar cartas? – um dos meninos pergunta.

– Eu não, é uma prática muito antiga para a minha geração. Mas Milena sabe, já vi um baralho no quarto dela.

Todas as cabeças viram na minha direção. Tento esconder meu pânico.

– Você sabe jogar mexe-mexe? – Juca pergunta. – É um primo do buraco.

Juca é o menino mais novo e mais inteligente da sala. Ele é um ano mais novo que eu e dois anos mais novo que o resto da turma. Ao contrário de mim, ele não teve nenhum problema de adaptação.

Talvez porque ele responda as perguntas feitas assim que elas são perguntadas. Não deve ficar encasquetado pensando qual era a resposta mais curta que poderia dar. Ele não é gago.

Eu queria não ser gaga...

– Ela sabe jogar todos os jogos, tirando o pôquer – Timmy responde por mim. – Lorena Arantes me contou que Milena aprendeu a jogar com a avó.

– Eu aprendi com minha bisavó – um menino chamado Péricles comenta.

– Eu aprendi na internet – outro menino diz. – Dá pra aprender a fazer *tudo* na internet. Até construir uma bomba. Você deveria aprender, Timóteo. Jogar mexe-mexe, não fazer uma bomba. A gente joga quase todo dia no recreio.

– Mas e você, Milena, vai jogar? – Juca pergunta enquanto distribui um bolinho de cartas embaixo dos meus pés.

Eu olho para Timmy. A gente tinha combinado que iria rodar o colégio inteiro e contar quantas voltas a rodinha do pé dele dava. Mas tudo que ele faz é piscar para mim. Como se me incentivasse.

Como se o nosso combinado não tivesse importância.

Como se quisesse que eu sentasse e jogasse com os meninos.

Ou será que quem quer sou eu?

Sento com eles e fico jogando.

Jogar cartas é ótimo porque ninguém é obrigado a falar. Mesmo assim, os meninos falam à beça. Eles são engraçados e eu não tenho nenhum problema em rir. Aliás, eu rio bastante, principalmente quando Péricles faz uma imitação da sua bisavó.

Nunca imaginaria que um menino tão grande podia falar numa voz tão fininha.

– Pierre Augusto, não mostre as suas cartas! – Péricles exclama seguindo com a imitação.

Eu acho muita graça, porque Pierre mostra mesmo suas cartas quando começa a falar. Parece que sua mão perde a firmeza quando sua boca se mexe.

E é com base nas cartas que eu vi que ganho o jogo.

Eu sou tímida, mas não sou burra. Se alguém mostra suas cartas por livre e espontânea desatenção, é claro que eu vou gravá-las.

E usá-las para vencer.

– Sorte de principiante – diz Péricles.

O que não deixa de ser verdade. Se eu não tivesse visto as cartas, não sei se teria conseguido.

– Vocês só estão inconformados por ela ser melhor que vocês – contrapõe Juca.

– Eu acho que deveríamos incluí-la no campeonato – diz Pierre.

Coisa que, para minha surpresa, Péricles e Pierre concordam.

Quando dou por mim, estamos os quatro marcando as etapas do campeonato na tela que tem na barriga de Timóteo. E eu gaguejo.

Duas vezes.

E ninguém ri.

– Meninos, vamos lá – somos interrompidos pelo professor Telles. – Não quero ver ninguém atrasado para a minha aula por causa de um robô.

– Seria uma ofensa dupla, não é, professor? – Juca pergunta enquanto todos nós nos levantamos.

– Pode ter cer... – o professor para de falar quando me vê. – Ué, Milena, não tinha te visto aí.

– E-eu estou.

– Ela acabou de derrotar a gente nas cartas – Péricles informa.

– Vamos ver se ela vai conseguir ganhar de mim no campeonato – diz Pierre, inconformado com a derrota.

VI

A semana seguinte é muito atribulada. Seguindo o conselho de Pierre, Timóteo aprende a jogar mexe-mexe na internet para treinar comigo. Preciso de ajuda para ganhar o campeonato.

Ia ser horrível se os meninos perdessem a credibilidade que depositaram em mim se começasse a perder partida atrás de partida.

A primeira delas eu ganho. Isso que eu chamo de *verdadeira* sorte de principiante. Em especial porque no dia seguinte a coisa muda bastante de figura.

–Veja só quem foi parar no segundo lugar das classificações gerais – diz Péricles atrás de mim enquanto a gente analisa o ranking mostrado na barriga de Timóteo.

Agora ele está em primeiro, eu em segundo e Juca em terceiro. Acho que era para eu ficar triste por ter perdido a primeira posição ou com raiva pela provocação. Mas, sendo sincera, não estou nem uma coisa nem outra.

Ainda dá tempo de recuperar, mas de verdade: eu não ligo.

– O importante é participar, Péricles – diz Juca, que também analisa a tabela.

E é exatamente isso. Eu não ligo muito se ganhar ou perder, contanto que continue jogando.

É divertido estar com eles e sigo falando.

Às vezes gaguejo, às vezes não.

E eles não estão nem aí, todos muito concentrados em ganhar o jogo.

VII

No dia da final a turma toda se reúne em volta da gente para assistir a disputa.

A maioria das meninas torce por Péricles, porque ele já está em primeiro lugar e ainda por cima é bonito.

Eu e Juca estamos quase empatados, se ele ganhar essa partida perco o segundo lugar.

Mas minha maior preocupação é que depois que acabar o campeonato eu não vou ter muita coisa para fazer no recreio além de contar quantas voltas a rodinha do pé do Timmy dá ao percorrer o colégio.

O que era tão legal hoje não é mais.

Perco para o Juca, mas nem ligo.

Olho para Timmy e ele pisca a luz que tem no buraco da boca de um jeito breve. O que dá a entender que é um sorriso de solidariedade.

Enquanto isso, Péricles grita até as veias do seu pescoço saltarem por causa da vitória. Todos comemoram com ele. Continuo sentada no meu canto observando a explosão de entusiasmo. É impressionante o jeito que eles pulam. Não demora muito até todos se cansarem.

– Agora que o campeonato acabou, a gente pode começar a marcar os outros? – a menina chamada Ingrid pergunta para a turma.

– Ia ser legal ter campeonato de damas, xadrez, corrida, essas coisas, né? – sugere outra menina. Luciana, acho.

– A gente pode usar Timóteo para organizar! – essa ideia vem de Pierre.

– Você deixa, Milena? – Juca pergunta.

A turma inteira presta atenção na minha resposta, todos soltam a respiração:

– Claro – respondo bem rápido. O medo de gaguejar indo e voltando.

– Você vai ter que ensinar para a gente como faz para mexer nele – diz Ingrid, ficando do meu lado.

Na verdade, a turma inteira dá um jeito de ficar do meu lado enquanto eu aperto os botões em Timóteo para criar a planilha de organização dos campeonatos. Eles adoram quando Timmy fala coisas inteligentes. Ainda mais quando ele dá definições.

– Peteca – ele diz. – Vem do tupi e significa esbofetear, golpear com a mão espalmada.

Todos riem, inclusive eu.

– Esse robô é uma figura – Luciana comenta. – Simplesmente hilário.

– O que está acontecendo aqui? – o professor Telles irrompe, todos nós nos viramos assustados.

O relógio na barriga de Timmy informa que estamos atrasados. O professor Telles parece bem bravo. A turma inteira entra na sala num silêncio só quebrado pelo arrastar de pés. E rodas.

– Não acredito que vocês trocaram a minha aula por causa de um pedaço de lata.

– Não fala assim do Timmy! – Luciana reclama com sua voz esganiçada.

– Ele estava ajudando a gente a organizar o calendário de campeonatos, é ótimo com organogramas – Juca atropela a amiga.

– Ele é um robô muito bonzinho – outra menina sai em defesa de Timmy.

– Ele é um robô, não é bom nem mau, ele só cumpre sua função. Seja ela qual for.

– Assim você ofende os sentimentos dele – Luciana insiste.

– Aí que tá, crianças, ele *não tem* sentimentos.

– Mas nós temos sentimentos por ele – Ingrid contrapõe.

Um mar de cabeças se balança confirmando o que ela disse, principalmente a minha. Eu abraço Timóteo, que permanece quieto ao meu lado na cadeira. Ele passa o braço em volta dos meus ombros, e, apesar do metal do braço dele ser frio e me fazer tremer, eu fico feliz por sua presença.

O professor Telles observa cada um de nós com os olhos estreitos. Parece querer dizer alguma coisa, mas na última hora fecha a boca e dá um sorriso enviesado. O que poderia ser engraçado numa situação tão tensa? Não faço ideia.

O professor continua sem falar nada, só se pronuncia para dar início à aula.

– Hoje vamos falar de grandes romances na literatura.

No fim da aula eu ainda tenho que ir até a mesa dele entregar minha redação. Queria muito saber o que achou da redação sobre os jogos de carta, mas ao mesmo tempo ainda estou brava pelo jeito que tratou Timmy.

– Ótimas instruções sobre como embaralhar – ele diz ao estender a redação para mim. – Qual é o tema desta semana?

– O ca-campeona-nato.

– Ótimo, estou curioso – passa os olhos pelo papel e pigarreia. – Milena, você se importa de avisar a sua mãe que eu quero falar com ela?

Desconfiava que era isso que iria acontecer.

Mas mesmo assim fico chateada.

– Isso é po-porque é final do mês? – pergunto.

– O que tem a ver o final do mês? – o professor finge não entender. Sei que é fingimento porque o sorriso enviesado voltou.

– Lorena Arantes te deu até o final do mês para você descobrir para que eu sirvo.

Tenho que admirar Timóteo, ainda que a coragem dele venha do fato de não conhecer o sentimento chamado medo.

O professor fica com cara de bobo, pensando. Demora um tempo e responde:

– Pois é, Timóteo, demorou, mas finalmente descobri qual é a sua serventia. E Milena, não esquece de avisar a sua mãe.

Saio da sala em pânico.

O medo de perder Timóteo me deixa gelada. Eu dou um passo para fora do colégio e Juca pula na minha frente.

– Você ficou triste porque ficou em terceiro lugar?

– N-não.

– Eu ia te pedir desculpa se você estivesse magoada por eu ter ganhado o segundo lugar.

– Não pe-precisa.

– Mas então o que foi?

Dou de ombros. O Juca é um menino legal e não tenho dúvida de que, se eu explicasse, ele entenderia o que Timóteo significa para mim. Mas explicar gasta palavras e as palavras já não saem direito quando estou calma. E agora estou nervosa.

Muito. Muito. Muito nervosa.

– Sabe, Milena, te acho maneira.

Olho para ele, assustada. Ninguém começa a falar uma coisa dessas se não for para completar com um "mas".

– Ninguém achava isso antes, mas você é. A gente achava que você não gostava da gente.

– Po-por quê?

– Você só assistia às aulas e ia para casa, não falava com a gente. Sua mãe é muito famosa por causa dos robôs e coisa e tal, a gente achou que você fosse metida.

– Eu não so-sou!

– Agora a gente sabe, você só é tímida – Juca diz, com um encolher de ombros.

– Eu não go-gosto de falar – admito.

– Porque você é gaga? – Juca pergunta, assim, na minha cara, eu fico sem saber o que falar. – Qual é o problema nisso? Eu uso estes óculos imensos, que me deixam igual a uma coruja, com os olhos ocupando metade do meu rosto. Nunca ouvi ninguém reclamar. Até porque não é direito de ninguém reclamar, né?

– A-acho que não – respondo, mesmo que não tenha muita certeza.

– Pierre veio da França e quando começou a estudar falava tudo errado, ele ainda tem aquele sotaque esquisito, mas isso não tem importância. Ele é engraçado, é isso que conta. Luciana tem a voz esganiçada, mas o que ela pode fazer a respeito? Ela nasceu assim e é maneira assim. Com você é igual.

– Co-como assim? – eu pergunto, um nó se formando na garganta.

– Ninguém é perfeito, Milena. Mas não é por isso que a gente vai deixar de aproveitar.

– Que profundo – comenta Timóteo, que silenciosamente caminha atrás da gente.

– Pois é – diz Juca ajeitando os óculos no rosto. – Eu pensei muito sobre o assunto.

Dou risada. Gostosa, larga. Acho que pela primeira vez em mais de dois meses.

Ofereço a Juca uma carona em Timóteo. Temos que nos espremer bastante para caber na base e acho que por medo de nos derrubar Timóteo caminha bem devagar.

Bem devagar mesmo.

Mas mesmo assim é legal. Maneiro.

Bem melhor do que os passeios em que estou sozinha com Timóteo.

VIII

No dia seguinte eu e Timóteo somos convidados para participar da reunião do professor Telles com mamãe.

Mamãe está uma pilha de nervos e segura forte na minha mão enquanto caminhamos pelo corredor, Timóteo me segue do outro lado piscando todas as luzes possíveis. Acho graça e rio.

Assim que todos nos acomodamos, o professor Telles entrelaça as mãos em cima da mesa e sorri para mamãe.

– Lorena, tenho que admitir, você estava certa em duas coisas.

– Duas? – mamãe pergunta, parece surpresa. – Quais?

– A primeira é que seu robô serve para alguma coisa, várias coisas, na verdade. Você sabia que ele é quem vai gerenciar todo o cronograma dos campeonatos da turma?

– Sabia, eu vi o arquivo da última vez que fui fazer manutenção.

– Além disso, todas as crianças gostam dele. Não posso negar, ele é muito comunicativo, foi uma mão na roda tê-lo para ajudar a quebrar o gelo entre as outras crianças e Milena.

– É mesmo? – mamãe pergunta no seu tom desconfiado, mas ao mesmo tempo sorrindo.

– *Mesmo* – o professor Telles confirma.

– Mesmo – Timmy reforça.

Eu fico quietinha na minha cadeira tentando não rir.

– E qual é a segunda coisa? – mamãe quer saber.

– Milena estava mesmo ouvindo atrás da porta da última vez.

– Sabia – mamãe diz, se virando para mim. – Usou o microfone dele, não é?

– Isso – eu confirmo, desta vez sem gaguejar.

Eu achei que o clima da reunião seria mais tenso, mas na verdade eu me sinto quase relaxada. Seria maravilhoso se a reunião terminasse por aí, mas ainda tem mais.

– Meu amor, agora eu quero falar de uma coisa séria – mamãe pega as minhas mãos e coloca entre as suas. – Timóteo foi uma boa ajuda, mas ele não pode ficar para sempre.

– Não! – grito ao mesmo tempo que sinto a mão gelada de Timóteo pousar na minha cabeça.

– Sim, Milena, você já viveu tempo demais rodeada de robôs, eu sei que eles são estupendos, eu, particularmente, sou a maior fã, mas você teve a sorte de conseguir amigos de verdade. É hora de se dedicar a eles.

– Mas todo mundo gosta do Timmy – eu protesto.

Pode ser que agora ele não seja meu único amigo, mas isso não quer dizer que ele deixou de ser. Eu não quero que ele suma da minha vida, vai fazer falta. Eu vou ficar com saudades, igual às vezes eu fico do papai.

– Lorena, se você me permite fazer uma sugestão – o professor interrompe nosso contato visual que em poucos segundos iria se transformar em choro da minha parte.

– Fala – mamãe diz.

– O que Milena falou é verdade, todos amam Timóteo. E não só isso, ele é o responsável por organizar os campeonatos. E se ele não precisasse ir embora de vez? E se ele ficasse aqui na sala, cumprindo o papel de organizador, e as crianças pudessem brincar com ele no recreio?

Mamãe olha de Timóteo para a sala, da sala para o professor e do professor para mim.

– O que você acha disso, Milena?

– Acho ótimo. Por-por favor, mamãe.

– Eu também – Timmy concorda.

Mamãe estica a mão para bagunçar o cabelo do robô que não é mais totalmente meu. Eu deito a cabeça no ombro dele e tento ignorar o gelado do metal.

– Eu posso trazer o carregador e minhas anotações de manutenção amanhã, depois da aula.

– Na hora que for melhor para você – o professor diz.

– Pronta para dar tchau para Timóteo? – mamãe pergunta, se levantando.

Uma lágrima escorre.

Timóteo me olha.

Abraço Timmy e digo no buraco do microfone dele o quão importante ele é para mim. Ele me abraça de volta e me lembra de que vamos nos ver amanhã. E depois.

E depois.

Saio da sala com a mão de mamãe pousada no meu ombro. Ainda não sei direito o que pensar. No meio da nossa caminhada pelo corredor, a gente cruza com Juca.

– Milena, tá tudo bem?

– Ti-Timmy vai morar na escola, junto co-com o professor Telles.

– Mas o professor Telles não mora na escola – Juca contrapõe. – Ele mora perto da minha casa.

– Parece que ele mo-mora aqui.

– Verdade – Juca diz no meio de uma risada. – Vou lá dar boa-noite para Timmy e a gente se vê amanhã.

– Até-té amanhã.

Mamãe e eu caminhamos em silêncio até entrar no carro. Ela olha para mim antes de dar a partida. Parece que vai dizer algo, mas depois não diz nada. Na segunda tentativa ela fala:

– E o professor Telles? Ainda é seu preferido, mesmo depois disso que aconteceu?

– É – respondo.

– Então – ela diz, segurando forte no volante. – Meu também.

Sorrio em meio às lágrimas que teimam em cair. Entendo o que ela quer dizer. É muito difícil para mamãe, sendo a mestre dos robôs que é, gostar de humanos.

– Ele gosta de escrever à mão – sinto que é meu dever avisar.

– Tudo bem, ninguém é perfeito – ela diz e sinto que meu sorriso se alarga.

Pelo visto, não fui eu a única a perceber que pode existir vida fora da lata.

PERFEITO PRO — BLEMA

CLARA SAVELLI

TALVEZ TUDO TENHA COMEÇADO NAS ELEIÇÕES, QUANDO ELEGEMOS UM LUNÁTICO PARA TOMAR CONTA DA NOSSA CIDADE. CLARO QUE, NAQUELA ÉPOCA, NINGUÉM (OU QUASE NINGUÉM) O CONSIDERAVA UM LUNÁTICO.

Bernardo encostou a bicicleta, silencioso. Estávamos no local correto e na hora marcada, mas... era estranho. Eles nunca se atrasavam. Meu estômago se embrulhou. Os olhos de Bernardo estudaram meu rosto e eu percebi que ele também estava apreensivo. O chefe da resistência não estava lá e nenhum outro dos seus.

– *Psssssssssiu.*

Olhamos para cima, incertos. Alguém jogou um bilhete e permaneceu escondido nas sombras de uma das janelas. Bernardo interceptou-o no ar e eu me estiquei, curiosa, quando ele abriu. Ele me entregou o papel.

– Está codificado – explicou.

Eu tinha sido a responsável por criar o código da resistência, usando uma data como base e um código numérico. Era simples, mas muito específico. Para resolvê-lo, só precisava fazer algumas contas.

– Represália – eu traduzi e ele se empertigou ao meu lado. –Forte – eu continuei. – Ontem.

– Sobe, *Bela* – Bernardo chamou meu codinome, subindo na bicicleta.

Eu obedeci, ainda fazendo minhas contas. Minhas mãos tremiam, o que dificultava o trabalho.

– Descobriram – traduzi.

Bernardo xingou, pedalando o mais rápido que conseguia. Fiquei muda durante todo o trajeto, apavorada. Ainda não tinha terminado a tradução, mas algo me dizia que não ficaria melhor que aquilo.

Estávamos de volta à nossa cidade em tempo recorde. Saltei da bicicleta e voltei a ler o papel. Bernardo escondeu-a e me encarou, apreensivo. Eu levantei os olhos, cheios de água.

– *Fera* – eu o chamei. – A última frase é "Não sobrou quase ninguém".

–Vai para casa – ele disse, sem se mover.

– Mas Fera...

– Por favor... – levantou os olhos.

– Não, mas...

– O *drone* vai chegar em dez minutos – esticou a mão para tocar meu rosto. – Demoramos mais fazendo caminhos longos.

Pela primeira vez na vida fico grata por estar usando uma máscara ninja. Assim ele não era capaz de ver que eu corei com seu toque. Assenti, em silêncio. Se eu perdesse a hora do *drone*, não poderia entrar em casa até as 8h da manhã, o que significava que seria pega.

– Avisa quando chegar – eu disse, pronta para correr.

Eu achei que era impossível rir naquelas circunstâncias, mas ouvi sua risada.

– Eu sou a Fera – ele disse, dando um passo para trás. – Quem tem que me avisar é você.

Os nossos colegas da resistência tinham nos batizado de Bela e Fera porque estávamos sempre juntos. Bernardo dizia que era porque eles me achavam bonita e singela e o consideravam forte e truculento. Não era mentira. Pelo menos a parte dele. Eu com certeza não era singela. Tinha minhas dúvidas sobre ser muito bonita também.

–Você é meu melhor *amigo*, é claro que eu preciso saber sobre sua segurança.

Bernardo deu um pequeno sorriso e baixou os olhos. Não dava para imaginar minha vida sem ele. Ele era mais que meu melhor amigo, mas eu não conseguia assumir.

– Eu aviso – acenou, se virando.

– Também – concordei, sumindo nas sombras.

Sempre nas sombras, sempre rápida e sempre mascarada. Subi no meu telhado pela trepadeira e esperei. Não tinha outra maneira. Em alguns minutos o drone chegaria e o compartimento específico para ele abriria seus vidros. Esse espaço que a claraboia abria era a nossa única conexão com o mundo. Eu teria os poucos segundos que a fresta ficava aberta, enquanto ele entrava na minha casa para deixar os mantimentos e saía, para pular.

Eu gostaria de dizer que aterrissei *graciosamente* no chão da minha casa quando o vidro abriu, mas a verdade é que sempre aterrissava como um saco de batatas. É difícil pular na pressa, cair 2 metros e ainda chegar no chão fazendo jus ao meu codinome na resistência.

Andei para o meu quarto, arrancando a máscara no processo. Sentei na ponta da minha cama e puxei minhas botas para fora do pé, triste.

Estávamos *presos* nesta situação, literalmente *presos.* Estiquei-me até o criado-mudo e peguei meu celular, que já tinha uma mensagem de Bernardo.

Nós não nos comunicávamos quase nunca como duas pessoas normais. Não podíamos usar os códigos da resistência, já que isso com certeza nos denunciaria. Então, criamos os nossos próprios códigos. E, no caso, nossos códigos costumavam ser músicas. Antes de serem proibidas, elas eram nossa grande paixão.

Bernardo: Já estou aqui na *Rua dos Bobos.*

Marina: E eu aqui refletindo que *sem amor uma casa é só moradia.*

Bernardo: *Dorme, neném*, Ma.

Marina: *Amigos nunca dizem adeus,* Bê.

Bernardo: *Se cuida.*

Tirei minha roupa e ansiei por um banho que não pude tomar. Eu acordaria a casa toda e precisaria justificar por que estava tomando banho às 5h da manhã. Coloquei meu pijama e me joguei na cama, esticando o braço para pegar minha pulseira. Eu *odiava* aquela pulseira. Ela era minha lembrança constante de que nada estava normal.

Aliás, estava tudo o *completo oposto* de normal.

Talvez tudo tenha começado nas eleições, quando elegemos um lunático para tomar conta da nossa cidade. Claro que, naquela época, ninguém (ou quase ninguém) o considerava um lunático. Talvez o problema tenha sido que nós não fomos a única cidade, nem o único Estado a julgar errado o caráter de seus candidatos e eleger lunáticos.

Em poucos meses, assassinatos começaram a acontecer. O padeiro foi o primeiro de uma série de vítimas do que começou a ser considerado um serial killer. Outras pessoas, acima de qualquer suspeita, também morreram em um curto espaço de tempo. Olhando assim, parece até óbvio que a reação natural das pessoas tenha sido de se trancar em casa. Nossa cidade tinha perto de 10 mil habitantes e nenhum caso anterior de óbito por causas não naturais. Todo mundo entrou em pânico. Não demorou muito para que o próprio governo passasse uma lei maluca obrigando todo mundo a ficar em casa.

Por prazo indefinido.

Já fazia mais de um ano e meio que estávamos naquela situação. O que só podia significar que não tinha *serial killer* nenhum e que o problema era *muito* pior.

As pulseiras rastreadoras chegaram logo depois. Os agentes do governo vieram entregar, explicando como elas eram uma garantia de que ninguém estava saindo do perímetro de suas casas. Claro que isso não era *suficiente* e eles precisavam também fechar todos os acessos da casa ao mundo lá fora: janelas, portas e tudo mais que houvesse. A única conexão que as casas tinham com o exterior era a fresta de vidro, que se abria para os *drones* passarem com os mantimentos nos horários previstos. A fresta abria regularmente de três em três horas, o que também permitia que o oxigênio entrasse nas casas.

Alguns meses depois que o confinamento começou, Bernardo descobriu como tirar a pulseira. Eu tinha muito conhecimento sobre códigos e era considerada a hacker da resistência, mas Bernardo era nossa grande mente analítica. Eu angariava materiais nos sites que *hackeava* e hospedava num espaço online impossível de rastrear. Compartilhava o link com ele através de códigos musicais ou outras loucuras que só a gente era capaz de entender. Ele baixava tudo na casa dele, com IP falso e descobria tudo que era possível.

Havia um pequeno parafuso oculto na pulseira, bem na interseção entre os dois lados dela, que ao ser girado com algo bem fininho, como um alfinete, fazia a pulseira se desprender do pulso. Ela só podia ficar dois minutos aberta antes de emitir sinais de erro, mas, se fosse fechada fora de um pulso, continuava funcionando normalmente.

Começamos a escapar de nossas casas na noite posterior a essa descoberta. Tirávamos a pulseira um pouco antes de o último drone da noite passar e caíamos fora antes de a passagem fechar. Sair era muito mais difícil que entrar e normalmente requeria móveis equilibrados e um pouco de sorte. Acho que essa sorte é o mínimo que o Universo pode fornecer para uma garota de 17 anos que ele obriga a ficar trancafiada em casa por tempo *indeterminado*.

Achamos uma bicicleta largada e começamos a usá-la, rodando a cidade com mais rapidez e chegando até as vizinhas. A vontade de continuar pedalando e sumir para sempre era muito grande. Só que quanto mais longe chegávamos, mais percebíamos que ninguém sabia onde terminava o toque de recolher.

Naquela noite, prendi a pulseira de volta no braço e me enrolei na cama. A resistência tinha sido dizimada. Todos nós corríamos riscos. Eu encarei o local onde costumava ficar a janela do meu quarto, lembrando de como era acordar e ver o sol por ela. Fui embalada para meus sonhos por minhas próprias lágrimas.

II

Algumas horas mais tarde, acordei com o barulho de uma mensagem. Peguei o celular, certa de que seria de Bernardo.

Bernardo: SAI DAÍ, AGORA!

Bernardo: O *DRONE* PASSA DE NOVO EM DOIS MINUTOS! FOGE!

Marina: Do que você está falando?

Eu cambaleei para fora da cama. Abri meu armário e me estiquei para pegar uma roupa, sem entender o que estava acontecendo.

Bernardo: ELES ESTÃO ATRÁS DE VOCÊ!

Meu coração disparou, enquanto eu trocava de roupa o mais rápido que eu conseguia. Entre um movimento e outro, digitei mais uma mensagem.

Marina: E você? Vão atrás de você? Cuidado!

Bernardo: CORRE. EU VOU TE ENCONTRAR. EU VOU TE PROCURAR. POR FAVOR, CORRE.

Enfiei o celular no bolso e corri para a sala, preparada para pular no segundo que a fresta abrisse. Já estava nessa posição quando percebi que ainda estava com a pulseira. *Droga.* Tirei meu brinco. Minha mão estava tremendo quando eu o enfiei no parafuso e eu não estava conseguindo virá-lo. Minha mãe escolheu esse segundo, dentre todos os outros possíveis para aparecer na sala.

– O que você está fazendo? – ela questionou.

Eu não respondi. Olhei para o relógio da sala, ainda tentando cutucar a pulseira. Em menos de um minuto o *drone* apareceria e eu ainda não tinha conseguido me livrar dela. Ele nunca atrasava.

– Que barulho é esse? – meu pai apareceu na sala para completar o show.

O minuto virou e o *drone* não apareceu. Minha pulseira fez clique e caiu no chão no segundo que uma bola de demolição atravessou a parede da minha casa, derrubando a porta selada. Os agentes do governo apareceram pelo buraco, vestidos com seu costumeiro uniforme champanhe e carregando armas gigantescas.

Eu levantei meu celular no mesmo instante, tremendo tanto que mal consegui destravar a tela. Ele já tinha mensagens de Bernardo. Meus olhos se encheram de água.

Bernardo: NÃO VAI DAR TEMPO. ELES JÁ ESTÃO NA SUA RUA.

Bernardo: DEMOREI MUITO, MAS EU VOU TE ACHAR.

Os agentes cruzaram a porta da minha casa, olhando na minha direção. Uma lágrima correu pelo meu rosto, enquanto eu deslizava os dedos pelo teclado voando. Digitei uma música que conhecíamos, torcendo para que ele entendesse a mensagem.

Marina: *Tenta me reconhecer no temporal e me espera.*

Bernardo: Eu vou fugir atrás de você.

Os agentes agarraram meus braços e um deles bateu com a bota pesada no aparelho, que apagou.

– Sua filha é *perfeita*, precisamos dela para a próxima etapa – outro explicou para meus pais.

Minha mãe ameaçou levantar a mão, mas meu pai a conteve.

– Não reajam – berrei para eles, me contorcendo nos braços daqueles brutamontes. – Eu volto.

Eu me debati e contorci, tentando fazer peso para que eles não conseguissem me arrastar para fora. Berrei, xinguei e é provável que eu tenha tentado morder um deles.

– Você vai viver uma vida ótima, garota – um deles disse, me empurrando na direção do carro. – Eles é que não.

Eles me jogaram no camburão e fecharam a porta. Eu continuei gritando, batendo na lataria e tentando sair. Durou só um segundo. O camburão começou a soltar gás e eu comecei a tossir, sem conseguir respirar. Arrastei-me pelas paredes, caindo no chão desacordada.

III

Acordei com o barulho de alguém abrindo a porta. Estava num cubículo muito branco que não tinha nada além da cama. Levantei os olhos para enxergar quem cruzava a porta e percebi que a minha boca estava lacrada com uma fita. Olhei para baixo, desesperada com a possibilidade de terem feito alguma outra coisa comigo, mas eu parecia intacta. Fisicamente, pelo menos. O que estava acontecendo? Que lugar era este? Por que eles tinham me levado? O que aquele agente quis dizer com *perfeita*?

A mulher que entrou no quarto não disse nada, apenas começou a mexer em mim. Puxou meu cabelo até prendê-lo de um jeito estranho, tirou minhas roupas e trocou por outras que eram do mesmo tom dos uniformes dos agentes, trocou meus brincos por uma versão de pressão e sem pontas, me obrigou a subir em um salto alto e fechou uma nova pulseira em meu braço. Por fim, arrancou a fita da minha boca em um único puxão.

Levei a mão aos meus lábios, sofrendo de dor. Eu ponderei minhas chances de chutar a cara dela e continuar viva, mas ela agarrou meu braço e me jogou para fora do quarto antes da conclusão. Saiu me arrastando pelos corredores vazios, marchando com uma rapidez impressionante.

Aquele andar parecia ser feito de quartos como o meu, de onde saíam outras pessoas, acompanhadas de agentes ou sozinhas. Fui deixada na porta de um auditório, onde uma quantidade enorme de pessoas já estava sentada sob vigilância constante.

Todas as pessoas sentadas nas cadeiras estavam impecavelmente vestidas e em tons idênticos, mas essas eram as únicas semelhanças. Gêneros diferentes, etnias distintas e até idades discrepantes. Quem eram eles? Ou melhor, quem éramos *nós*?

Meus questionamentos foram respondidos minutos depois, quando um agente subiu no palco e começou a falar, sisudo e organizado. O conteúdo da sua fala, porém, era ainda pior que sua forma de comunicação: nós éramos um experimento.

– Esta é uma cidade-modelo – explicou ele. – Vamos começar do zero. Será o reinício da raça humana. O reinício da raça humana, *com seres geneticamente superiores*. Temos diversas cidades-modelos espalhadas pelo mundo, todas ocupadas com pessoas que foram selecionadas como aptas a criar uma nova civilização superior através da análise genética – continuou. – Vocês devem lembrar que colhemos nos últimos anos algumas amostras de sua saliva.

Eu me lembrava perfeitamente bem. Da minha vontade de cuspir na cara dos agentes durante a coleta também. Não dava para acreditar. Eu não conseguia parar de me remexer na cadeira, querendo gritar.

– O objetivo inicial nesta cidade é que vocês possam criar novos seres humanos... da forma *antiga* – o agente deu um pequeno sorriso. – Temos uma quantidade maior de mulheres do que de homens nesta cidade, o que deve acelerar o processo.

Meus lábios se descolaram. Será que eu estava ouvindo *certo*? Esse cara tinha acabado de dizer que meu objetivo era dormir com os homens que eles tinham considerado geneticamente perfeitos para gerar filhos que também fossem considerados geneticamente perfeitos?

– Vamos dar um pouco de tempo e espaço para que vocês escolham seus pares sozinhos, mas saibam que não existirá nenhum relacionamento monogâmico – ele continuou. – Gostaria que vocês soubessem que, caso não flua naturalmente, nós temos autorização governamental para forçá-los.

Eu me remexi na cadeira. Eu precisava pensar em outra solução, eu precisava pensar... uma mão se levantou, um pouco à frente. O agente continuou falando por alguns minutos, antes de percebê-la. Apontou na direção da corajosa, que se levantou.

– Vocês estão dizendo que o objetivo é fazer uma nova tentativa de raça ariana? – ela vociferou, apontando na direção dele, com muita raiva. – Uma vez não foi um erro grande o bastante?

O agente sorriu ironicamente, explicando que aquela não era uma nova tentativa de fazer uma raça ariana, já que incluía pessoas com diversas características físicas, sem nenhum tipo de discriminação. Eu me agarrei na cadeira, morta de ódio.

– Fora a discriminação genética, você quer dizer? – ela peitou.

O agente palestrante sacudiu a mão e outros dois cercaram a garota. Ela gritou, mas eles usaram um pano embebido de algum líquido e a fizeram desmaiar. Arrastaram seu corpo inerte para fora do auditório, como se essa fosse uma atividade corriqueira.

Depois, todos nós fomos liberados para dormir e nos preparamos para o café da manhã de boas-vindas do dia seguinte. O agente teve a cara de pau de dizer que esperava que pudéssemos começar o "processo de repovoamento" nele mesmo.

– Mas, se quiserem começar hoje à noite, melhor ainda – ele riu. – Afinal, nove meses é um período muito longo. Boa noite, geneticamente perfeitos!

Dois agentes começaram a andar ao meu lado quando eu cheguei ao corredor. Eles continuaram caminhando comigo até meu cubículo. Pelo jeito eu não era confiável e ainda precisava de escolta, diferentemente dos outros perfeitos que andavam sozinhos pelos corredores.

– Obrigada, rapazes – eu ironizei, batendo a porta na cara deles.

Examinei o cubículo ao qual estava confinada. A única parte boa era que não tinha câmeras nem sinais de escutas (eu procurei). Tentei cutucar minha pulseira com meus novos brincos, mas não consegui. Parecia uma batalha sem chance de vitória. Chorei, encolhida na minúscula cama. Não tinha ideia do que fazer. Precisava conversar com Bernardo. O que ele faria?

Algum tempo depois, bateu na porta. Eu me levantei e abri, torcendo para que tivesse se compadecido e me trazido ao menos um pijama. Tinha um agente do lado de fora.

– Cadê seu amigo? – ironizei de novo. – Foi tomar conta de outro *perfeito problemático*?

O agente não respondeu. Foi só quando eu o encarei nos olhos que percebi que o conhecia.

– Gata? – eu sussurrei, tomada pela surpresa. Uma membra da resistência!

– Shhhh – ela disse, me empurrando para dentro do quarto. – Na verdade meu nome é – olhou no crachá. – José.

– O que você fez? – eu perguntei, fechando a porta atrás dela.

– Pode ser que um agente acorde sem memória, seminu e trancado em um desses espaços ridículos que eles chamam de quarto – ela deu de ombros. – Vocês receberam meu bilhete?

– Foi você? – eu questionei, entendendo melhor tudo.

– Sim. Eu estava com o grupo quando os agentes chegaram e metralharam todo mundo, Bela – ela disse, com a voz embargada.

– Todo mundo menos você.

– Todo mundo menos eu, *perfeita* – ela assentiu, com os olhos cheios de água. – Eu tenho esperanças por Urbano... Ele não estava no dia da emboscada.

– Então, ele pode estar bem?

– Eu nunca mais soube dele – uma lágrima escorreu pelo seu rosto. – Nunca mais apareceu nem respondeu minhas mensagens.

Eu sentei na cama, amargurada. Urbano era o melhor amigo de Gata, por quem ela também nutria uma paixão. Ouvi-la falar sobre ele partia meu coração duplamente. Por ela e por mim, que não estava em situação tão diferente.

– O que vamos fazer, Gata? – Eu questionei, apertando minha têmpora.

– Bem – ela deu de ombros, abrindo uma mochila branca que fazia parte do uniforme. Pegou algo lá dentro e jogou na minha cama. – Pode ser que *dois agentes* acordem sem memória, seminus e trancados em um desses espaços ridículos que eles chamam de quarto.

O que estava em cima da minha cama era mais um uniforme.

– E, ah – ela disse, levantando um alfinete. – Você não vai querer ser rastreada, né?

IV

Alguns minutos mais tarde, José e Marcelo saíram do quarto e andaram pelos corredores vazios. Ninguém saberia que estávamos fora de nosso quarto, já que havíamos deixado a pulseira nele.

– Qual é o plano? – perguntei entredentes.

– Primeiro andar – ela respondeu, apontando a escada com a cabeça. – Contei catorze portas para "pessoal autorizado" e eu estou doida para você *hackear* o sistema.

Eu sorri, olhando em volta para me certificar de que ninguém estava nos ouvindo. Nós descemos cautelosas, mas a verdade é que não tinha ninguém no caminho. Observamos o corredor vazio do 1° andar, sem ter certeza sobre onde começar. Tentei abrir a primeira porta mais próxima, esticando meu crachá para que ela lesse o código de barras.

Eu não achei que funcionaria, mas a porta abriu em um simples clique.

Esgueirei-me para dentro, com Gata na minha cola. Ela acendeu a luz e eu fechei a porta. Um mapa gigantesco da China estava estendido na maior parede da saleta, com três pontos marcados com tachinhas coloridas. Eu olhei, tentando entender.

– Bela – Gata chamou e eu a encarei. – É hora de fazer sua mágica.

Ela apontou para um enorme computador. A melhor forma de derrubar um sistema era derrubá-lo de dentro para fora. Tanto um sistema eletrônico como um sistema ditatorial. Sentei na cadeira, sorrindo.

– Estaríamos muito ferrados se você não fosse tão boa nisso – ela comentou quando eu burlei a tela de entrada que requeria uma senha e acessei o sistema de forma remota.

Eu dei um sorriso, focada em vasculhar as pastas. Mandei imprimir um mapa do prédio. Gata também estava fazendo suas próprias ponderações, olhando o computador por cima do meu ombro.

– Você acha que cada uma das salas diz respeito a um país que faz parte desse projeto? Ou, talvez, a uma região? – ela perguntou, encarando o mapa da China.

– Catorze países ou regiões – eu disse, pensando que fazia sentido.

Agilizei minhas buscas, focada em achar algo sobre o assunto. Não demorou muito até eu encontrar uma lista de cidades-modelo. Três delas eram na China, exatamente nos locais que as tachinhas apontavam. Procurei a pasta referente à nossa cidade ou nossa região.

– Achei, Gata – eu disse, apontando para a tela. – Os dados sobre nossa região.

– Precisamos mandar isso para o Fera – apoiou-se na mesa.

Eu olhei em volta, pensativa. Não tinha como ter certeza de que ele ainda teria acesso ao computador para que eu pudesse criar um link remoto que o possibilitasse baixar tudo em casa. E como passar o link para ele? Eu precisava *garantir* que ele recebesse as informações. Abri as gavetas da mesa gigantesca, buscando um meio.

– O que você está procurando? – Gata perguntou.

– Um *pen drive* – respondi.

– Continue suas pesquisas – ela disse, tomando a busca para si.

Nossa região possuía uma quantidade ridícula de dados, inclusive as informações sobre o mapeamento genético de cada um de nós. Depois, uma lista de todos aqueles que foram considerados perfeitos. Até informações que me davam a entender que o governo tinha matado todas aquelas pessoas para gerar medo suficiente na população e que isso justificasse nos prender em casa. Todos eles eram imperfeitos.

Eu estendi a pesquisa, procurando pelas diretrizes do programa. Não demorei para achar vários documentos sobre o assunto, trocas de e-mails e anotações de alguém. Documentos que formalizavam a intenção de deixar as pessoas presas em casa para sempre, cada vez com menos condições de sobrevivência, até que elas simplesmente morressem. Trocas de e-mails dizendo que a gravidez dos perfeitos será sempre acompanhada e qualquer caso de imperfeição será obrigatoriamente abortado. Encontrei o mapeamento genético dos políticos responsáveis e abri, querendo entender, mas...

Nenhum deles era geneticamente perfeito.

– Achei! – Gata disse, me esticando três pacotes de pen drives lacrados. – Como é que você vai mandar isso para o Fera?

– Vou reprogramar um *drone* – eu respondi, com a voz embargada.

– É claro – Gata riu. – Onde é que vamos encontrar um drone?

– Não sei, mas encontraremos.

Salvei tudo que pude nos pen drives, desliguei o computador, Gata enfiou as embalagens dos pen drives na mochila dela e deixamos a sala impecável, como se nunca tivéssemos entrado nela.

– Agora: drones – ela disse, batendo a porta atrás de si.

Olhamos para os lados, mas todos ainda estavam dormindo. Cada uma correu para um lado do corredor e fomos caminhando juntas, abrindo todas as portas pelo caminho. Eu já estava na quinta, quando ouvi Gata me chamar e corri até lá.

A sala era tipo uma oficina, com placas e carcaças de computador, alguns drones desmontados e outros que pareciam em funcionalidade perfeita. Peguei um deles, esticando-me para pegar também uma chave de fenda no balcão. Eles eram um pouco mais complexos do que os sistemas físicos que eu estava acostumada a hackear, então eu cutuquei tudo que eu achei que precisava e rezei para dar certo. Liguei o computador que o escritório também possuía e procurei o código da pulseira rastreadora de Bernardo. Conectei o drone a ela para que a entrega fosse feita exclusivamente para ele. Colocamos os pen drives em uma pequena caixa e assistimos o drone sair pelo compartimento próximo à janela. Se aquilo não funcionasse...

Não ousaria pensar.

Andamos até a escada, tentando não levantar nenhuma suspeita. Subimos até o 3º andar e observamos. O corredor também estava vazio. Nos apressamos até meu quarto e entramos na surdina. José e Marcelo teriam problemas quando alguém descobrisse que eles abriram uma quantidade absurda de portas naquela noite. Gata e Bela também teriam, se descobrissem que nós éramos José e Marcelo.

– O prédio não tem câmeras – Gata riu, apontando para o mapa. – Pelo jeito eles confiam exclusivamente nas pulseiras, Bela.

– Que ótima notícia – eu olhei o mapa por cima do ombro dela. – Podemos largar os uniformes em qualquer área comum, então.

Deixamos os uniformes no banheiro comum e eu choraminguei, querendo me arrastar para debaixo do chuveiro. Gata não me deixou, porque um banho de madrugada também chamaria muita atenção. Ela deixou, todavia, que eu tomasse um banho de gato. Na pia mesmo.

– Amanhã precisamos aparecer na festa – ela disse, enquanto eu vestia minha roupa de volta.

– No café da manhã – corrigi.

– Foi o que eu disse – ela sorriu e saímos do banheiro.

– Nos vemos lá, então – eu assenti, olhando para os lados. Vazio. – E obrigada, Gata.

– Eu que agradeço, Bela – ela sorriu, se distanciando. – Com você, tenho esperança.

V

A situação no café da manhã era pior do que eu esperava. As pessoas tinham copos de bebida na mão e estavam dançando de forma muito esquisita. Alguns casais estavam se amassando nas paredes do lugar e outros saindo na surdina. Como todo mundo estava tão ok com a situação?

– Bebida batizada? – Gata perguntou, quando nos encontramos.

– Só pode ser – eu respondi e um agente passou por nós, nos encarando. – Disfarça.

Nós andamos até o bar, tropeçando propositadamente nos nossos pés e rindo descaradamente. O barman sorriu de volta e nos empurrou bebidas esbranquiçadas. Nós levantamos os copos em agradecimento, mas não tomamos nenhum gole. Ficamos paradas por perto, apoiadas em uma mesa alta. O relógio digital na parede dizia que já eram 10h da manhã. Será que Bernardo tinha recebido nosso drone? Será que ele conseguiria analisar? Será que ele estava vivo? Sacudi a cabeça. Eu não podia chorar em uma festa.

Passamos a manhã negando todo tipo de aproximação masculina, mas não veementemente a ponto de parecer esquisito. Flertávamos, sorríamos, mas acabávamos dando uma volta nos caras, que iam embora sem ter a menor ideia do que tinha acontecido. No processo, trocávamos nossos copos de bebida cheios pelos copos de bebida vazios deles. Estar sóbria e não batizada por seja lá o que tinha naquelas bebidas era uma grande vantagem no jogo de confundi-los também.

– Eu faria vocês muito felizes – um cara estava dizendo, já perto do meio-dia.

Eu abri a boca para retrucar, mas um grupo de agentes portando enormes armas invadiu a festa aos berros. Todo mundo gritou, inclusive o cara que nos faria muito feliz. Gata agarrou minha mão e me encarou, apavorada. Eu tinha esperança.

– A festa acabou – um deles, o único que usava capacete, disse. – O experimento acabou.

Agentes traidores?

Um dos agentes da festa se lançou contra ele, xingando-o. O cara do capacete empurrou-o antes que ele fosse bem-sucedido e alguns de seus acompanhantes seguraram-no pelos braços.

– Vocês estão traindo o sistema e seus iguais – um outro agente da festa berrou. – Serão considerados imperfeitos!

– O sistema era uma fraude – o mascarado retrucou. – Os responsáveis estão mortos ou em fuga.

– Como assim? – outro agente da festa perguntou.

Os demais perfeitos não estavam entendendo nada. Alguns ainda dançavam, mesmo que a música tivesse parado. Bebida batizada, com toda certeza.

– Nem eles eram perfeitos – o cara explicou. – Haviam mentido uns para os outros. Eles mesmos se mataram. Alguns conseguiram fugir no processo.

Eu apertei a mão de Gata, certa de que isso só podia significar que Bernardo tinha recebido nossa mensagem e vazado todos os documentos. De que forma, eu não sabia. Talvez ele tivesse aprendido uma coisa ou outra comigo.

– As sedes foram tomadas. Em todo o mundo – o agente que mudara de lado comentou. – A resistência já está neste prédio.

Eu saí abrindo caminho no meio dos perfeitos, em direção à porta. Gata segurou meu braço, mas eu me desvencilhei. Bernardo estava lá. Ele só podia estar lá. Se a resistência já estava neste prédio, só podia significar que ele estava lá. Eu atravessei os agentes truculentos que tinham chegado com a notícia e alguns deles tentaram me conter.

– Deixa – o portador das notícias disse, arrancando o capacete. – Bem-vinda de volta, Bela.

– Urbano? – Gata perguntou, surpresa.

Eu continuei correndo, mas virei de costas um segundo para ver a cena. Urbano estava vivo? E infiltrado com os agentes!

– Era mais seguro para você se eu sumisse, minha Gata – ele disse, tomando-a nos braços.

Ela se pendurou nos braços dele e os outros agentes se entreolharam, confusos. Eu dei um curto sorriso e me virei novamente para continuar a correr em busca de Bernardo. Quando levantei os olhos, dei de cara com ele, que tinha acabado de subir a escada. Congelei, com lágrimas nos olhos. Por sorte, ele não. Correu na minha direção, como se sua vida dependesse disso. Suas roupas estavam sujas, seu cabelo raspado, ele mancava um pouco e parecia que fazia uma eternidade que eu não o via.

– Bernardo, eu... – tentei começar a dizer, mas ele me silenciou com um beijo.

–Você derrubou o sistema, Marina – ele disse, desviando seus lábios para minhas bochechas e salpicando beijos.

– Nós derrubamos – corrigi, sem forças para nada além de um fraco sorriso.

– Eu amo você – ele disse, depositando mais um beijo em meus lábios. – Desde sempre.

– Eu amo você também – eu respondi, apertando-o entre meus

braços e colocando minhas lágrimas em sua camisa.

– Sempre soube que você era perfeita – ele riu, beijando meu pescoço.

– Um perfeito problema, só se for – eu murmurei.

– Melhor ainda – ele disse, sorrindo abertamente. – Meu perfeito problema.

ABBIE

MARCUS BARCELOS

C:\>_
Abbie

O GAROTO TEVE QUE SE CONTROLAR PARA NÃO DESABAR NO CHÃO. SEU CÉREBRO NÃO ACREDITAVA NO QUE SEUS OLHOS VIAM

I

Quem olhasse para o número 236 da Rua Demóstenes, em Marechal Hermes, bairro da zona norte do Rio de Janeiro, muito provavelmente não veria nada de extraordinário além de uma antiga casa abandonada.

A residência estava lá, caindo aos pedaços, fechada e inabitada, há tempo demais para que alguém ainda se importasse. Isso, no entanto, não impedia o burburinho de que ela era mal-assombrada. E se já não bastassem as supostas ameaças sobrenaturais, os moradores da região reclamavam constantemente da propriedade, afirmando que ela atraía "um pessoal indesejado", o que, num vocabulário menos sutil, queria dizer usuários de drogas, baderneiros e toda a sorte de delinquentes capazes de assombrar as noites tranquilas da "gente de bem" de Marechal Hermes com muito mais eficácia que qualquer entidade.

Infelizmente, pelo que também corria nos mesmos boatos acalorados, a casa era alvo de uma ação judicial há muito em tramitação, impedindo qualquer intervenção. Por isso, cabia aos defensores da segurança e dos bons costumes ficar de olho e acionar a polícia ao menor sinal da perturbação da paz. Isso significava que os curiosos eram sempre despachados com a máxima brevidade e que qualquer um que fosse visto entrando na propriedade certamente teria problemas com os policiais quando estes chegassem, já estressados, para atender a mais uma ocorrência na Casa das Sombras, como era conhecida. A sorte era que o plano tinha sido muito bem montado.

Diogo acordou cedo no sábado, repassando mentalmente todo o combinado logo assim que sentou na cama e se espreguiçou. Ainda estava sonolento, mas a mente já funcionava a toda. Quando seus pensamentos chegaram no roteiro da gravação daquele dia, ele colocou as pernas para fora da cama. Ao pisar, no entanto, o que encontrou não foi o assoalho de seu quarto, e sim algo macio que protestou com um grunhido assim que ele enterrou o pé.

– Ai! Quê...? Diogo! Cuidado, cara, eu tô aqui!

O garoto despertou por completo num sobressalto e olhou para baixo, apenas para encontrar um Lucas amarrotado e com os cabelos castanhos completamente bagunçados que surgia no amontoado de cobertas da cama improvisada.

– Opa, foi mal, Lucas... Esqueci que você tava aí – Diogo respondeu, olhando para o amigo que ainda protestava massageando a barriga. – Tava distraído aqui repassando o plano... Está tudo certo para hoje mesmo? A câmera tá carregada? O Alberto terminou o roteiro? A Carina já...

– Cara... Relaxa – Lucas respondeu com um bocejo e uma última massageada na barriga, sentando-se em seguida. – Está tudo certo.

Diogo respirou fundo, ansioso e coçou a cabeça. Sempre ficava desse jeito nos dias de gravação em casas abandonadas para o canal que mantinham no YouTube, o "ParaOuNormais?" Nele, Diogo, Lucas, Alberto e Carina desvendavam boatos de lendas urbanas e locações mal-assombradas das redondezas, e gravavam minidocumentários que agradavam em cheio os jovens curiosos e a mídia espontânea, por se tratar de crianças produzindo um conteúdo daqueles. Por isso, quando tinha à sua frente uma casa como aquela ele não conseguia evitar o nervosismo. Não que ele acreditasse que encontraria, de fato, alguma aparição. Mas sim pela promessa de um bom episódio.

Em todos os vídeos do canal, de relativo sucesso no YouTube, com milhares de seguidores, as "atividades paranormais" haviam sido forjadas por eles. Como já havia descoberto, no alto de seus 12 anos de idade, o máximo de paranormalidade que acontecia no Rio de Janeiro era a sua carteira sumir misteriosamente. Por isso, eles haviam planejado tudo com o máximo de cautela e profissionalismo que pré-adolescentes são capazes de ter. E, para eles, esse máximo era bastante coisa.

– E tem mais, Diogo – continuou Lucas, já de pé. – 1, é fácil entrar na casa; 2; ela fica perto da casa da Carina; e 3, é sábado... Estaremos de volta antes de a mãe dela terminar de preparar os cachorros-quentes.

– Você tem razão – Diogo respondeu. – Acho que estou me preocupando demais.

– Como sempre, né? – riu Lucas. – Cuidado, hein... Pode acabar tendo um infarto, e dizem que na nossa idade é fatal.

– Nós só temos 12 anos, seu babaca.

– Então! Se você tiver um infarto com 12 anos, é porque tem algo muito errado!

Os garotos se olharam durante alguns segundos e caíram na gargalhada logo em seguida. Diogo tentou se tranquilizar enquanto trocavam de roupa para tomar café da manhã, mas algo dentro dele estava deixando-o tenso. Ele só não sabia o que era. Além da saudade que sentia constantemente do pai, falecido há dois anos, naquele sábado seu coração sentia um peso ainda maior.

A alguns quilômetros do condomínio onde Diogo e Lucas moravam, em Vila Valqueire, Alberto despertava, como sempre, sentindo seu estômago afundar ao tentar movimentar as pernas e elas não responderem. Olhou para a janela por onde uma fresta do sol entrava e suspirou, com a conhecida tristeza matutina. Mais um dia que ele teria que passar sobre a cadeira de rodas.

Alberto era um jovem magricela de 12 anos que havia perdido o movimento das pernas devido a uma doença rara enquanto ainda era criança. Ele começou a andar cedo, aos 2 anos de idade, e só parou aos 8, quando a doença atingiu o seu auge e ele não conseguiu mais ficar de pé. Fora um momento de grande impacto para a família, que buscava médicos de maneira exaustiva a fim de descobrir o que o acometia. Nos primeiros anos, Alberto passava grande parte dos seus dias no quarto, triste demais com a sua situação para que tivesse vontade de fazer qualquer outra coisa. Seus pais tentavam fazê-lo sentir-se melhor a cada dia, mas ele só apresentou algum sinal de melhora quando conheceu Diogo, Lucas e Carina assim que se mudou para o Valqueire e começou a estudar no Colégio Pentágono, já com 10 anos.

Apesar da condição que o incomodava diariamente, ele era um garoto muito inteligente, com um grande dom para a escrita e encontrou nos novos amigos um refúgio. Alberto gostava de como Diogo se portava como líder, destemido e sempre com boas ideias; de como Lucas era engraçado e leal; e de como Carina era linda, extrovertida e igualmente inteligente. Ainda, e acima de tudo, como todos o tratavam como igual, mesmo que andassem normalmente e pudessem fazer coisas de "crianças normais". Ele sentia muita falta de correr por aí, mas, juntos, se divertiam muito, e já haviam vivido bons episódios pelas ruas tranquilas de Vila Valqueire, desde piques adaptados até os vídeos do "ParaOuNormais", que começaram quando eles estavam com 11 anos;

então ele conseguia levar uma vida quase normal.

Naquele dia, após o impacto inicial e costumeiro em constatar que nada havia mudado para as suas pernas, Alberto fez o pedido que sempre fazia antes de puxar a cadeira de rodas para perto de si e passar da cama para ela.

– Se alguém estiver me ouvindo... – ele suplicava. – Por favor, faça com que as minhas pernas voltem ao normal. Por favor...

Alberto permaneceu em silêncio, de olhos fechados, sempre desejando com todas as suas forças que algum fenômeno acontecesse e suas pernas voltassem ao normal, como num passe de mágica. Infelizmente, como ele percebeu ao abrir novamente os olhos e ver que nada no seu quarto havia mudado, ainda não seria naquele sábado que ele poderia voltar a correr pelos condomínios com os amigos. Pelo menos, o dia prometia boas risadas com a gravação na Casa das Sombras. Já estava tudo acertado, o roteiro tinha ficado, na opinião dele, um dos melhores até o momento, e eles passariam o final de semana inteiro juntos. Sentindo-se um pouco melhor, puxou a cadeira de rodas com um pensamento de que sairia dela em breve e, com grande habilidade, acomodou-se no assento em um só movimento.

Diferentemente dos amigos preguiçosos, Carina já estava acordada há horas. A linda menina de cabelos loiros e ar inocente, que era o rosto principal do "ParaOuNormais", apresentando os episódios com um carisma inigualável, passeava pelas ruas de Marechal Hermes com um beagle alegre e excitado preso a uma estilosa coleira rosa, e tinha um propósito muito maior do que apenas exercitar o seu bichinho de estimação.

Carina parou estrategicamente bem em frente à Casa das Sombras para amarrar o cadarço do seu tênis All Star que não estava desamarrado. As aulas de teatro desde cedo a ajudaram a desenvolver habilidades cênicas que foram essenciais em muitas das gravações. Carina fingia medo, ansiedade e desmaiava como ninguém. E quem não fica preocupado quando uma criança desmaia?

Disfarçadamente, ela caminhou até os portões enferrujados do número 236 da Rua Demóstenes, que ficava a apenas uma quadra de sua casa. Olhando ao redor para certificar-se de que nenhum vizinho curioso estava à espreita, enfiou os dois instrumentos de metal que tinha no bolso do short e fez como Alberto havia ensinado e como ela havia praticado exaustivamente.

Quando Diogo terminou de escovar os dentes, um sino tocou em seu bolso. Verificando a tela do celular, leu exatamente a mensagem que esperava no WhatsApp:

Carina: fase 1 concluída ! :)

– Boa, Carina! – ele gritou, de dentro do banheiro, dando um golpe no ar.

– Ela conseguiu? – Lucas perguntou, do lado de fora.

– Conseguiu. Ela sempre consegue.

– Excelente! Viu? E você aí todo preocupado...

Nas três casas, as coisas corriam perfeitamente normais. Diogo e Lucas discutiam os ângulos de gravação e as atividades que forjariam, enquanto esperavam a mãe de Diogo terminar de se arrumar. Alberto dava os últimos retoques no roteiro em seu notebook, observando, com certo desânimo, algumas crianças passarem de bicicleta pela sua janela. Carina preparava sua maquiagem e ouvia música. Tudo estava bem.

O que nenhum deles imaginava, no entanto, era que, desta vez, as coisas não seriam como sempre. Nenhum deles jamais seria.

– Este vai ser o melhor vídeo do ParaOuNormais! – Lucas profetizou. – Com certeza ficaremos famosos com este, já posso até ver...

II

O peculiar grupo de pré-adolescentes caminhou pela rua de paralelepípedos em direção à Casa das Sombras. Carina ia à frente com Diogo, enquanto Lucas empurrava a cadeira de rodas de Alberto.

A Casa das Sombras mostrava-se como uma possibilidade real de ser o melhor episódio que eles já gravaram, por se tratar de uma casa conhecida por muitos e por carregar a fama de ser realmente mal-assombrada.

– Para essa casa ficar ainda mais sinistra, só se ela fosse no topo de uma montanha... Ou colina – comentou Lucas, observando o portão de entrada. – Ainda bem que fica em Marechal Hermes, o bairro mais sem graça do Rio de Janeiro.

– Mas hoje vocês estão demais, hein? – Carina protestou, irritada.

Chegaram até o portão e Diogo, furtivamente, retirou o cadeado e a corrente. Com todos olhando por sobre os ombros, entraram rapidamente, e Diogo recolocou a corrente com cuidado, a fim de parecer que nada havia sido alterado. Estavam, enfim, nos jardins da Casa das Sombras.

E então notaram o quanto o tempo havia sido impiedoso com a propriedade. A grama, seca e amarelada, crescera até quase o joelho dos garotos e toda a pintura da fachada estava descascada. As janelas estavam tampadas por dentro com grandes placas de madeira.

– Acho que não querem que ninguém entre aqui... – Carina comentou. Começava a ficar levemente assustada.

– Pessoal, eu acho... Acho que essa porta está aberta – Lucas comentou, e girou a maçaneta da porta de madeira que dava acesso ao interior da casa.

Todos se aproximaram da entrada quando Lucas abriu a porta, e ficaram parados por alguns instantes observando o interior escuro e igualmente depredado. Diogo respirou fundo e ligou a lanterna do seu celular.

–Vamos.

Os demais imitaram Diogo e também ligaram sua respectiva lanterna. Uma segunda porte dava acesso ao que eles julgaram ser a cozinha, mas que parecia ter sido varrida por um furacão. Restos de móveis quebrados estavam espalhados por todos os lados e uma geladeira estava tombada em um dos cantos.

Continuaram desbravando cuidadosamente os demais cômodos, todos na mesma situação ou piores, e aos poucos ficavam mais apreensivos. O silêncio era sepulcral.

– O que acham de começarmos logo? – Alberto perguntou, visivelmente abalado. – Podemos iniciar pelas portas batendo ou pelos arranhões, e aí fazemos o documentário e metemos logo o pé daqui. Eu, no caso, meto as rodas. Lembrem-se de que não consigo correr.

– Bom... Tudo... Tudo bem, você está certo – Diogo falou. – Vamos começar.

– Galera, achei um CD aqui no chão... Não, é um DVD, e tá escrito...

Bum.

– O que foi isso? – Carina perguntou, assustada, e começou a girar a lanterna por todos os lados.

–Veio lá de cima... – Lucas respondeu, olhando para o teto. – Parece que alguma coisa caiu no 2° andar.

– Será que tem mais alguém aqui? – indagou Alberto.

Permaneceram em silêncio durante alguns instantes, então Diogo continuou.

– Provavelmente foi algum...

BUM! BUM! BUM! BUM!

– Corre!!! – Diogo gritou. –Vamos sair daqui, tem alguém aqui! Peguem tudo e vamos!

Lucas agarrou a traseira da cadeira de rodas de Alberto e empurrou com toda a força para a frente, ainda agarrado ao DVD misterioso. Diogo e Carina foram no encalço, mas quando estavam chegando próximo da porta de saída para os fundos esta fechou com um estrondo antes que eles conseguissem sair.

– TÁ DE SACANAGEM??? – gritou Lucas, em desespero. – ISSO É PEGADINHA??

Diogo correu até a porta e, com muito esforço, conseguiu abri-la. Tropeçando, agarrou o braço de Carina, que já estava chorando, e saiu desabalado para o quintal. Lucas e Alberto vieram logo atrás.

Os quatro deram a volta pela casa o mais rápido que puderam e saíram pelo portão enferrujado sem qualquer preocupação com barulho. Diogo largou o cadeado de qualquer jeito e, ainda correndo, foram na direção da casa de Carina.

III

Ainda arfantes e abalados com o acontecido, sem conseguirem acreditar, eles tentavam recuperar a compostura na mesma pracinha que estavam antes de entrarem na Casa das Sombras. Lucas limpou a garganta e quebrou o gelo:

– Será... Será que tinha alguém lá?

– É o mais plausível – Alberto respondeu. – Quero dizer... A casa não deve ser mal-assombrada de verdade. Certo? Certo, Diogo?

– Certo, eu acho... – Diogo refletiu. – Lucas, você disse que encontrou um DVD?

– Sim, tá aqui – Lucas entregou o DVD para Diogo. – Olha, só tá escrito "Abbie" nele. O que acha que é?

– Vamos descobrir agora. Beto, seu computador está aí?

– Tá – Alberto puxou a bolsa que estava em seu colo e retirou o seu notebook vermelho.

– Vamos ver o que é isso aqui.

Diogo colocou o DVD no computador e todos se aproximaram dele para ver o que acontecia. Carina permaneceu em silêncio, ainda choramingando.

A princípio, nada aconteceu. Diogo achou que provavelmente o DVD estava arranhado demais para funcionar. No entanto, sem aviso, a tela do computador ficou preta e a palavra "ABBIE" apareceu em vermelho na tela. Em seguida, a palavra sumiu e um cursor vermelho e piscante apareceu no canto superior esquerdo.

– Travou? – Lucas perguntou.

– Acho que não. Parece que é um cursor para você digitar. Tenta escrever alguma coisa.

Diogo digitou "Oi" no teclado e apertou ENTER. As palavras sumiram e, da mesma forma que havia aparecido a palavra "ABBIE", apareceu a palavra "OI". Todos olharam uns para os outros, intrigados, e Diogo tentou novamente, digitando "Tudo bem?" Com um sobressalto, viram as palavras sumirem e, no centro da tela, a frase "TUDO, E VOCÊ?" surgir.

– Esse... Esse computador tem Wi-Fi, Beto? – Diogo quis saber.

– Tem, mas não está conectado, não...

– Impossível.

– Isso pode já ser pré-programado, sabe – Alberto deduziu. – Respostas automáticas para perguntas gerais.

– Hum... Verdade.

Diogo coçou o queixo imberbe e digitou no teclado: "Qual o seu nome?"

A resposta apareceu logo em seguida, em vermelho-sangue.

"ABBIE."

– Agora eu quero ver – Diogo falou, em tom de desafio, e digitou: "Qual o meu nome?"

Eles tiveram que segurar o grito quando as palavras surgiram na tela.

"SEU NOME É DIOGO."

– Ok. Isso foi MUITO estranho... – Lucas disse, aproximando o rosto da tela.

– Acho melhor a gente não brincar com isso, não... – Carina falou, quase em um sussurro.

– O que será que é isso aí, Alberto? – perguntou Diogo.

– Agora eu já não sei mais... Se fossem respostas programadas, ele... Ou ela, sei lá, não teria como saber o nome do Diogo.

– Alguma sugestão?

– Preciso investigar – Alberto aparentava estar muito intrigado. – Vou dar uma olhada nisso em casa hoje.

– Eu também acho que vou pra casa... – disse Lucas.

– É... Eu também – Diogo falou. – Nos encontramos na casa da Carina amanhã de novo?

Todos confirmaram e, ainda abalados, começaram a arrumar suas coisas, em silêncio. A experiência tinha sido bizarra o suficiente para uma vida inteira, então nenhum dos quatro estava com apetite para cachorro-quente. Todos queriam apenas sua respectiva casa.

– Cuidado com isso aí, hein, Alberto – Diogo recomendou, com o celular na orelha, enquanto ligava para sua mãe.

– Pode deixar.

Os pais não entenderam muito bem por que a noite de cachorro-quente havia sido cancelada, mas não fizeram maiores perguntas. Em menos de uma hora, todos já estavam seguros em seu quarto, com dúvidas demais para conseguirem pegar no sono. Alberto chegou em casa e levou sua cadeira de rodas diretamente até o quarto, informando para os pais que estava com um pouco de dor de cabeça e queria se deitar.

No entanto, quando chegou, não foi para a cama. Retirou o notebook da bolsa e o colocou sobre a mesa, abrindo-o em seguida. A tela ainda estava negra e o cursor vermelho piscava insistentemente. Hesitante, Alberto respirou fundo e digitou "Oi, Abbie". Ao apertar ENTER, a frase que ele digitou desapareceu e, no centro do monitor, surgiu:

"OI, ALBERTO."

Com um arrepio, Alberto olhou ao redor. O que diabos era aquilo? Verificando novamente o ícone de conexão, o computador continuava fora da internet. De repente, outra frase surgiu sem que ele digitasse qualquer coisa.

"O QUE VOCÊ MAIS DESEJA, ALBERTO?"

Sem acreditar, Alberto encarou a frase que pintava a tela negra de vermelho e pensou se deveria responder. Não era possível que o computador estivesse realmente conversando com ele. Era surreal demais para ser verdade. Imaginando que talvez fosse melhor parar de mexer com aquilo, Alberto fez menção de fechar o notebook, e então a frase mudou:

"EU POSSO FAZER VOCÊ ANDAR DE NOVO, ALBERTO. VOCÊ QUER?"

Aquilo já era demais. Com certeza era uma pegadinha, e uma de muito mau gosto. Alberto ficou indignado que alguém fosse capaz de uma brincadeira daquelas, logo com ele, que não fazia mal a ninguém... Como se estivesse lendo os seus pensamentos, a tela mudou novamente:

"NÃO É UMA PEGADINHA, ALBERTO. POSSO FAZER VOCÊ ANDAR DE NOVO, SE QUISER."

Alberto coçou os olhos, assustado. Agora o computador conseguia ler os seus pensamentos?

"PENSE... VOCÊ SERÁ NORMAL NOVAMENTE."

E se fosse verdade? Alberto já nem estava mais com medo. Agora, ele estava... Curioso. Quase ansioso, para falar a verdade. Bom, que mal faria?

"VOCÊ QUER?"

Com os dedos trêmulos, Alberto digitou, letra por letra: "Quero", e apertou ENTER. A tela piscou em vermelho e ele sentiu novamente um grande arrepio. Em letras vermelhas, apareceu:

"SEU DESEJO É UMA ORDEM."

Com uma última piscada, o computador voltou ao normal. Alberto de repente sentiu-se sonolento, e bocejou com vontade. Tentou mexer as pernas e nada aconteceu.

– Brincadeira idiota... – ele murmurou, e jogou-se na cama de uma só vez, apagando imediatamente.

Diogo acordou na manhã de domingo com uma sensação muito ruim. Tivera um pesadelo confuso com a Casa das Sombras, que parecera real demais... Encarando o teto, ficou curioso para saber se Alberto havia desvendado alguma coisa. Ele era muito inteligente com computadores, com certeza tinha pensado em algo.

O toque de seu celular o tirou dos devaneios. Era a Carina. Com uma rápida olhada para as horas acima do nome da amiga, viu que ainda eram 7h30 da manhã. Por que ela estava ligando tão cedo? Quando atendeu, sentou de uma só vez na cama. Ela estava chorando.

– Diogo... – ela soluçava.

– Carina? O que aconteceu?

– Diogo... O Beto...

– O que tem o Alberto, Carina?

– Ele desapareceu!

– O quê??? – ele gritou. – Como assim???

– Ele sumiu, Diogo... E sem a cadeira de rodas!

IV

– É tudo minha culpa... Minha culpa... – Diogo repetia, insistentemente, olhando para a mãe de Alberto, que chorava sem parar e era consolada pelo marido e por um policial. – Eu que falei pra gente ver o que tinha no DVD, eu que deixei o Alberto levar o DVD pra casa...

– Diogo, você não sabia! A gente não sabia que isso ia acontecer! – Carina tentava consolar o amigo, mas ainda tinha lágrimas nos olhos.

– Cara, a gente nem sabe o que aconteceu de verdade – disse Lucas.

– Pode ser que nem tenha nada a ver com o DVD.

– Eu sinto que tem a ver, Lucas... Alguma coisa me diz que tem a ver, sim. E eu tô sentindo uma coisa estranha desde ontem, desde antes de a gente entrar na Casa das Sombras.

– Eu não quero voltar lá nunca mais... – Carina disse, em voz baixa.

– Nem eu – concordou Lucas. – Só quero descobrir o que aconteceu com o Alberto.

Diogo permaneceu em silêncio, sentindo-se muito mal. Tentava entender o que poderia ter acontecido e pensar em algum caminho a seguir para encontrar o amigo, mas nada era claro o suficiente. Apenas uma coisa martelava a sua consciência.

– Precisamos pegar o computador do Alberto. – ele disse, de repente.

– O computador...? Mas pra quê? – Carina perguntou, secando os olhos.

– Aquele DVD... Não consigo tirar da minha cabeça que ele tem alguma coisa a ver com isso.

– A casa está cheia, e falaram para a gente ficar aqui fora – lembrou Lucas.

– Não podemos esperar. Carina, você ainda sabe fingir desmaio, né?

– Acho... Acho que sim.

– Então vamos fazer desse jeito: você vai entrar na casa e vai chamar a atenção pra você. Eu e Lucas vamos atrás do computador.

– Tá.

Com um aceno de cabeça mútuo, eles se levantaram do banco de pedra. Foi tudo muito rápido. Carina entrou na cozinha e logo deu de cara com um policial. Atuando com grande habilidade, fingiu que estava passando mal. O policial, um careca que devia pesar 200 quilos, como Diogo suspeitou, fez menção de ajudar a menina. Mas aí ela deu o golpe final e desabou no chão. A menina estava realmente abalada, Diogo sabia, mas ela sempre dava um show.

Aproveitando o tumulto em volta da Carina, os meninos entraram sorrateiramente e furtaram o notebook.

– Vamos ver o que nós temos aqui – Diogo falou, abrindo o notebook em seu colo, sentado com Lucas numa área mais reservada do quintal.

A tela que mostrava o sistema operacional logo ficou negra. ABBIE apareceu em letras vermelhas como sangue. Um calafrio percorreu a espinha de Diogo. Respirando fundo, sem ter certeza do que estava fazendo, começou a digitar.

"Oi, Abbie."

Ao pressionar a tecla ENTER, seu cumprimento sumiu. E no centro da tela surgiu a resposta.

"OI, DIOGO."

Os dois amigos se entreolharam. Lucas fez sinal com a cabeça para Diogo continuar.

"Onde está o Alberto?"

Desta vez, quando a frase sumiu, a resposta não veio imediatamente. Ansiosos, os garotos olhavam para a tela quase sem respirar. De repente, o navegador da internet abriu e o YouTube surgiu diante deles. Sem que eles tocassem em qualquer tecla, um vídeo começou a ser reproduzido. O título era ALBERTO.

Nas imagens, gravadas de maneira amadora e com muita interferência, eles reconheceram a fachada bizarra da Casa das Sombras. Diogo engoliu em seco. No segundo seguinte, Alberto apareceu. Andando. Na mesma hora eles arregalaram os olhos. O amigo, até então paraplégico, caminhava de maneira trôpega e bizarra na direção da casa. Alberto passou pelo portão de ferro, foi diretamente para a porta da frente e parou diante dela, cambaleando. Sem aviso, a porta abriu, e ele entrou. Quando sumiu no interior escuro da residência, a porta fechou atrás dele. E o vídeo terminou.

O choque com o que tinham acabado de assistir foi grande demais para que conseguissem falar qualquer coisa. A tela ficou negra novamente, mas Diogo não tinha ideia do que digitar. E ele nem precisou.

"ALBERTO PERTENCE A ABBIE, AGORA. SE QUISEREM VER O SEU AMIGO DE NOVO, VENHAM SOZINHOS."

Ao terminar de ler o que apareceu em vermelho na tela, Diogo, de repente, sentiu uma coragem inesperada. Olhou para Lucas, que retribuiu o seu olhar com decidida confiança, e fez um sinal de positivo com a cabeça. Teclando com raiva, digitou:

"Estamos indo salvá-lo."

A tela ficou negra novamente, e no centro, em vermelho, surgiu:

"BOA SORTE."

O coração de Diogo batia fortemente contra o peito. Lucas esfregava as mãos, olhando para baixo. Carina chegou de repente e, quando viu os dois, arregalou os olhos.

– O que vocês descobriram?

– Que precisamos voltar à Casa das Sombras.

– O quê??? – Carina desesperou-se.

Diogo e Lucas contaram, com certa urgência, tudo o que haviam visto no vídeo e descoberto no notebook para uma Carina cada vez mais horrorizada, que ouvia tudo em silêncio e escondia a boca com as mãos.

– Por isso, temos que ir logo e não podemos contar pra ninguém – Diogo concluiu. – Devemos isso a ele.

Nenhum dos amigos fez qualquer objeção.

V

O domingo estava nublado e as ruas desertas. O ar já estava muito pesado quando entraram na Rua Demóstenes e encararam a fachada da Casa das Sombras. Todos respiravam rapidamente, com o medo começando a dominar suas mentes. Eles não tinham armas, proteções nem qualquer experiência. Só o que tinham quando olharam para os lados e cruzaram o portão de ferro, que rangeu em protesto, era a vontade de salvar o amigo.

Assim que entraram na casa, a porta bateu com estrondo atrás deles. Os garotos gritaram com o susto e saltaram para a frente. Diogo quase tropeçou em um sofá que estava virado de ponta-cabeça no chão da sala. O ambiente estava totalmente destruído. Eles ficaram encolhidos durante um tempo, olhando para todos os lados, até Carina quebrar o silêncio.

– É impressão minha ou está mais frio aqui dentro? – ela perguntou, passando as mãos nos braços.

A temperatura decididamente havia baixado. O dia lá fora estava nublado, relativamente fresco, mas nada comparado ao frio que notaram no interior da Casa das Sombras. Diogo olhou para o teto e arriscou a primeira vez.

– Alberto? – ele gritou.

Não houve resposta imediata.

– Alberto, você está aqui? – Diogo gritou novamente.

O silêncio continuava absoluto. Pensando durante alguns instantes, Diogo respirou fundo e tentou, sem saber se o que fazia era inteligente ou completamente idiota.

– Abbie? – ele gritou.

BUM!

O barulho no andar de cima deixou os três amigos em alerta. Eles teriam que subir as escadas e encontrar o que quer que estivesse dentro da casa. Lucas, mirando o teto, foi para próximo de Diogo, que também olhava para cima.

– O que acha que tem lá em cima?

– De acordo com a minha experiência em *Supernatural*, pode ser qualquer coisa.

Carina gemeu e também se aproximou.

– Não podemos esperar mais. Vamos subir.

Passo após passo, os garotos direcionaram-se para as escadas. Quando estavam na metade, Diogo gritou.

– Alberto???

Desta vez, a resposta veio na forma de um grito de terror, cuja entonação familiar fez Diogo saltar os últimos degraus de uma só vez.

– Alberto, cadê você??? – Diogo berrou novamente, e colocou a mão na primeira maçaneta que encontrou. Com os amigos em seu encalço, entrou no cômodo.

Um quarto antigo com restos de mobília, livros e papéis espalhados pelo chão, o lugar estava ainda mais gelado. Com um grito, Carina apontou para um dos cantos. Alberto estava sentado, encostado na parede, e quando viu os amigos gritou:

– SAIAM!!! ELA QUER VOCÊS!!!

Mas não houve tempo nem para pensar em escapar. A porta atrás deles fechou com um estrondo e, quando viraram para olhar, deram de cara com algo que nem o pesadelo mais sórdido seria capaz de caracterizar, e o ambiente foi invadido por um forte cheiro de esgoto.

Um ser bizarro de pele esverdeada com a parte de baixo do corpo escondida em uma nuvem negra e com serpentes no lugar de cabelos olhou para os garotos com um sorriso pestilento em seus olhos amarelos. Seu rosto em carne viva lembrava vagamente o de uma mulher. Com a língua, dividida como a de uma cobra, lambeu os beiços feridos.

Aquele, definitivamente, era o fim, pensou Diogo. O terror que sentia era tão grande, que ele nem conseguiu se mover. Lucas havia abraçado Carina e se juntado a Alberto no canto do quarto. Ele continuava de pé, cara a cara com a criatura.

– Q-quem é você? – Diogo perguntou, quase sem voz.

– Eu sou aquela que possui dez milhares de nomes – a criatura respondeu, com uma voz feminina que beirava o sensual. – Eu sou aquela que existe desde o início. Eu sou Abyzou!

"Abyzou?", Lucas pensou. "De onde eu conheço esse nome?"

– Você é um demônio? – Diogo perguntou, e sentiu as pernas fraquejarem. Atrás dele, o som de choro que vinha do canto onde estavam seus amigos fez seu coração bater ainda mais acelerado.

– Eu posso ser o que você quiser, criança – disse o monstro verde de cabelos de serpente, e quando a escuridão consumiu o que faltava de seu corpo o pai de Diogo apareceu diante dele. – Sentiu minha falta, filhão?

O garoto teve que se controlar para não desabar no chão. Seu cérebro não acreditava no que seus olhos viam. Seu pai, seu falecido pai, de que ele tanto sentia falta, estava ali, diante dele.

– Não vai vir dar um abraço no papai?

Era óbvio que Diogo queria abraçar o pai. As lágrimas escorreram pelas bochechas do garoto, e ele arriscou dois passos à frente.

– DIOGO, NÃO!!! – Alberto gritou. – ELA ESTÁ MENTINDO!!!

Diogo parou de caminhar e piscou os olhos. Dando-se conta do que estava fazendo, recuou o máximo que pôde. Seu pai olhou para ele com uma expressão de puro ódio, e aos poucos suas feições foram se contorcendo, dando lugar novamente à pele ferida e esverdeada. Dos cabelos grisalhos de seu velho pai brotaram as serpentes, que sacudiam-se ansiosas.

– CRIANÇAS ESTÚPIDAS! – o monstro gritou, modificando a voz sensual para um rugido gutural. – Eu já enganei pessoas MUITO mais inteligentes do que vocês, líderes mundiais, personalidades. Vocês acham que têm alguma chance comigo?

Atrás dele, Lucas mexia febrilmente em seu celular. Lembrou-se de um site onde pesquisou referências para um episódio de sucesso do "ParaOuNormais", e vasculhava o histórico com esperança. Em dado momento, encontrou o site e correu seus olhos nele procurando um trecho específico do texto que havia lido. Encontrou:

Abyzou

Origem: mitologia judaica

Também conhecido como: Abizou, Obizu, Obizuth, Obyzouth e Byzou. Demônio feminino responsável pela tragédia de crianças e sedução através dos desejos mais obscuros. Ele é muitas vezes representado por serpentes e até mesmo como ser aquático.

Abyzou pode ser controlado pela magia de Salomão. No testamento de Salomão, Abyzou declara que possui milhares de nomes e que Rafael é a sua antítese. Um encanto simples usado para repelir o demônio é escrever o nome do arcanjo Rafael em um pedaço de papel. Diz-se que Abyzou fugirá ao ver tal encanto.

Com o coração quase saindo pela boca, abriu a mochila que carregava e tirou dela papel e caneta.

A criatura continuou o seu monólogo, voltando ao tom feminino:

– Eu uso a isca certa para cada um... E espero o tempo que for necessário. Meu fraco são crianças... Nunca consigo esperar para me deliciar com seres como vocês.

Diogo ouvia a criatura sem saber o que fazer. Sua mente estava assolada com sentimentos diversos, que iam desde a saudade do pai até o terror em encarar algo que ele não era nem capaz de compreender. Ouviu, de repente, um "psiu" vindo do canto onde estavam os demais. Quando olhou, Lucas chamou a sua atenção e mostrou um papel pra ele.

– Rafael? – leu, sem entender.

Uma forte ventania começou dentro do quarto, e tudo ficou ainda mais escuro.

– O QUE VOCÊ DISSE? – o monstro gritou.

– Mostra pra ela! – Lucas berrou.

Diogo leu o papel onde estava escrito "RAFAEL" e estendeu a folha encardida para o demônio.

Todas as vidraças da Casa das Sombras quebraram ao mesmo tempo, e as paredes começaram a rachar. Abyzou estendeu as garras na direção do rosto para se proteger e recuou para um dos cantos.

– AGORA, VAMOS! – Diogo gritou, e os quatro amigos correram na direção da porta, com Lucas e Carina carregando Alberto.

A casa parecia que iria desabar a qualquer momento quando os garotos desceram as escadas com dificuldade. Atrás deles, uma grande sombra surgiu. Abyzou avançou na direção deles, e Diogo gritou.

– VÁ, EU SEGURO ELA! – e apontou novamente o papel.

Abyzou berrou ainda mais alto, e placas de cimento começaram a desabar do teto. Diogo recuou com o papel ainda estendido, e o demônio tentava aproximar-se dele. Com uma olhada furtiva por sobre os ombros, viu que os amigos já tinham saído da casa. Diogo largou o papel e saiu em disparada.

Quando cruzou a porta, sentiu algo quente em sua panturrilha, e viu as garras de Abyzou. Com dificuldade, lançou-se para fora da porta no exato momento em que a Casa das Sombras começou a implodir. Com um último grito gutural, Abyzou largou sua panturrilha, e ele correu com os amigos para fora da propriedade, que desmoronava com estrondo.

VI

Diogo, Lucas, Carina e Alberto tiveram mais de uma sorte no fatídico domingo que ficou conhecido como "o dia em que a casa finalmente sumiu".

Além de terem conseguido escapar de um episódio que eles evitavam comentar ao máximo, tinham feito isso praticamente ilesos e sem que ninguém suspeitasse da presença deles no local. O fato de a casa ter desmoronado sem qualquer motivo era mais um mistério a acrescentar na história do local, e a mídia ficou em cima durante um bom tempo. E aquele foi o fim do "ParaOuNormais".

Vinte anos depois, cada um dos quatro amigos estava lidando com o acontecido de uma maneira diferente, mas nenhum deles havia esquecido o que acontecera.

Lucas passou a estudar religião, focado em demonologia, e mudou-se para a Itália, onde mora com a esposa e os dois filhos.

Carina enfrentou uma forte depressão na adolescência, mas seguiu nos estudos e conseguiu engatar na carreira de atriz. No entanto, adquiriu a síndrome do pânico e não consegue mais ficar sozinha no escuro. Esse comportamento é constantemente citado na mídia.

Alberto nunca mais reclamou da cadeira de rodas. Além disso, virou escritor de livros de terror e suspense. Contudo, Alberto já havia tentado suicídio duas vezes.

Diogo tornara-se um homem de negócios de relativo sucesso. Morava em um bom apartamento na zona sul do Rio de Janeiro e tinha uma esposa apaixonada. Pelo menos uma vez por semana, Diogo sonhava novamente com a Casa das Sombras.

Os quatro amigos ainda se falavam e vez ou outra até se encontravam. Mas nunca mais nenhum deles ousou comentar sobre o que acontecera 20 anos atrás.

MEMÓRIAS PERDIDAS

JULIANA PARRINI

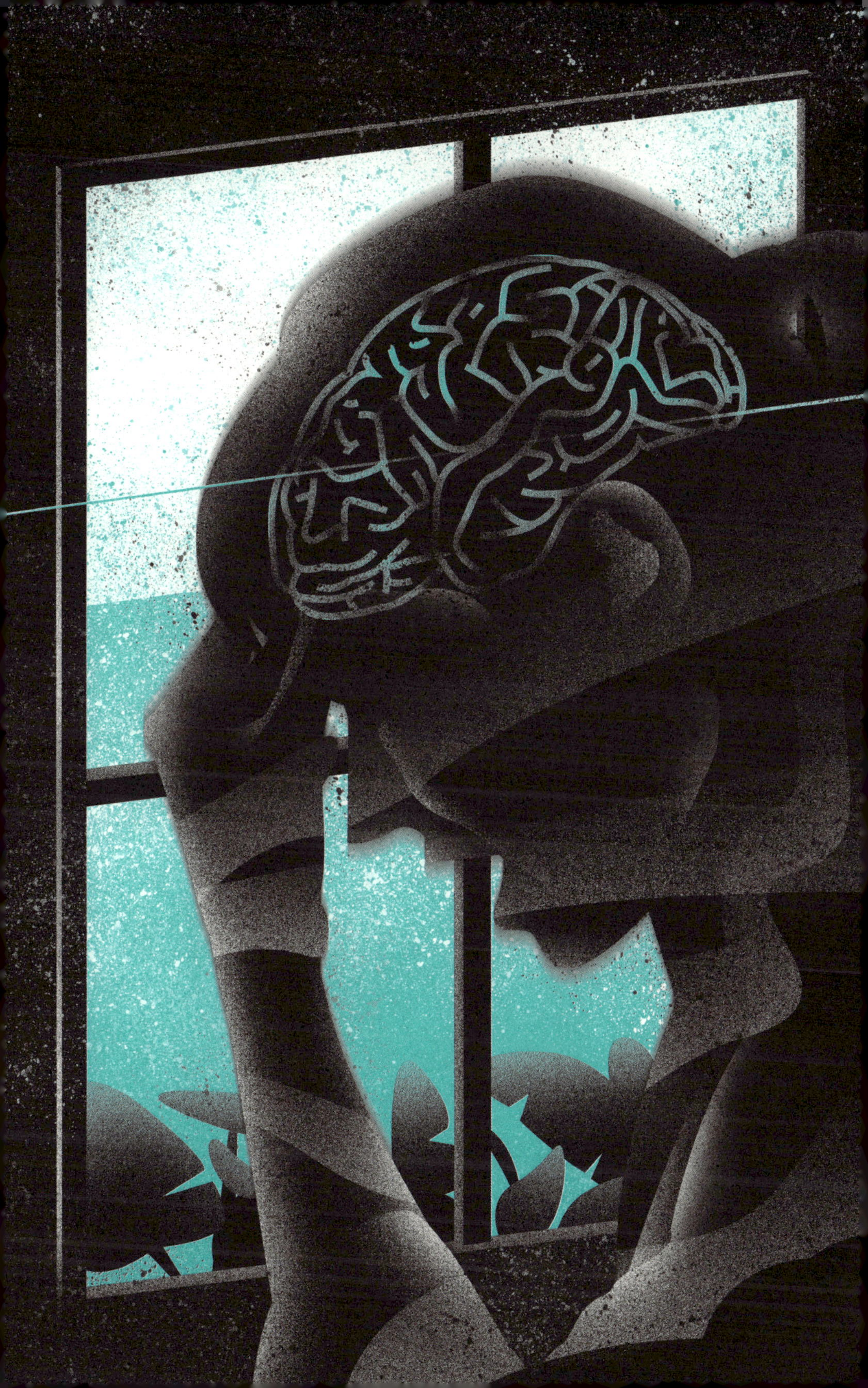

MARIDO? EU
ME LEMBRARIA
DE UM MARIDO!

Uma dor aguda atinge minha cabeça. Era como se algo estivesse perfurando meu cérebro fazendo uma pressão descomunal.

Abro os dois olhos de uma só vez, buscando ar em meus pulmões, tentando me acostumar com a claridade excessiva do local.

Mexo minhas mãos devagar e sinto as fibras do lençol onde estou repousando. Viro-me um pouco e vejo um homem deitado de costas ao meu lado.

Meu coração bate forte e o homem começa a se remexer. Permaneço paralisada na cama.

– Bom dia, meu amor.

Viro a cabeça e vejo o homem se despreguiçar e sorrir.

– Quem é você? – minha pergunta faz seu rosto murchar e meu coração palpita mais forte.

Minha mente vagou tentando encontrar alguma explicação plausível para estar na cama com um desconhecido. Céus, eu devo ter bebido demais?

Sem esperar a resposta daquele homem, sento na cama com rapidez.

A dor na cabeça volta e, colocando a mão na testa, tento recuperar o meu fôlego. Sinto as mãos do homem encostarem nas minhas costas e logo me afasto.

– Está tudo bem, Clarisse.

Levanto-me e tento me lembrar de algo, mas não consigo recordar de nada recente.

– Quem é você? – repito, completamente aturdida com a situação inusitada.

– Acalme-se, Clarisse. – Ele se levanta também. – Sou eu, Jonas, seu marido.

Marido? Paro de andar para trás. O certo seria sair correndo daqui, mas a dor não me deixa raciocinar direito.

Ele chega perto e segura meu braço, me fazendo voltar a sentar na cama.

–Vou pegar uma água pra você. Fique aí, está bem?

Jonas tem uma fisionomia amigável e por mais que eu não o conhecesse fico ali, com medo de que ele possa ser algum louco. Marido? Eu me lembraria de um marido!

Permaneço quieta, mas com os pensamentos a mil, tentando me lembrar de como cheguei até aqui.

– Tome – ele me oferece o copo e bebo um gole da água. – Quero que veja isso também.

Em suas mãos está um álbum colorido e grande. Na capa, eu e ele, em volta de um coração rosa.

– O que é isso?

– Apenas abra – diz baixinho.

Faço o que ele pede e tremo ao ver as fotografias expostas ali.

Eu e ele sorrindo. Eu e ele nos beijando. Eu e ele nos casando. Eu e ele em Paris.

Minha cabeça volta a doer e fecho os meus olhos. Nesse momento, sou surpreendida por algumas imagens embaçadas.

Casamento. Jonas e eu abraçados. Eu de noiva.

Solto rapidamente o álbum sobre ele.

– O que foi, Clarisse?

– Eu me lembrei, mas...

– Mas não de tudo, não é? Acho que preciso te levar ao hospital hoje.

– Hospital?

– Tem sido rotina no último mês, Clarisse.

– Desculpe, eu... não me lembro de muita coisa, eu...

– Tudo bem, meu amor. Vamos passar por isso juntos. Está com muita dor?

Faço que sim, a cabeça ainda fisgava forte.

Ele pega um remédio na bancada e me entrega.

– Tome. Isso sempre te ajuda.

Engulo o remédio com o resto da água e tento me acalmar.

Períodos de intimidade com aquele homem estavam vindo como flashes na minha memória, embora tudo parecesse ainda bem confuso.

Alguns minutos depois chegamos no hospital. A lembrança de já ter entrado naquele local era nítida.

– Lembrou daqui? – pergunta Jonas, me ajudando a sair do carro. A dor na cabeça ainda era insistente.

– Sim.

– Isso é ótimo.

Jonas caminha ao meu lado até que entramos em um consultório.

O médico sorri e nos faz sentar.

– Olá, Clarisse. Não está se sentindo bem hoje?

– Oi...

Eu não me recordava do seu nome, porém tudo ali era familiar.

– Sou o doutor Ross e cuido do seu tratamento.

– Tratamento?

– Sim. Você também é médica, não se recorda?

Sua pergunta me faz arregalar os olhos. Não. Eu não me recordo disso.

Faço que não com a cabeça.

– Então, Clarisse, você adquiriu um caso de exaustão extrema. Trabalhou muitos anos e agora o corpo está cobrando descanso.

– Eu não consigo me lembrar de nada... apenas algumas lembranças, mas nada muito...

– Tomou o remédio hoje? – ele olha para Jonas, que nega.

– Ainda não. Apenas um para a dor de cabeça.

– Que está insuportável – conto. Eu queria algo mais forte.

– Então, irá amenizar a dor.

Ele abre sua gaveta e retira uma cartela de lá.

– Tome, Clarisse. Esse ajudará a memória ser mais clara.

Engulo o remédio.

– Já fizeram uma ressonância? Algo que pudesse ser mais conclusivo?

– Já fizemos tudo, Clarisse. Você está normal. Você apresentou os sintomas de forma gradativa. Agora, tem dias bons e outros ruins – responde o solícito médico.

– O que posso fazer para ajudar nesse processo?

– Jonas está ao seu lado. Tente se recordar do máximo que consegue. Isso irá ajudá-la e as memórias podem voltar aos poucos ou instantaneamente quando vir algo importante para você.

– Eu estou ajudando nisso, doutor Ross. Continuo mostrando nosso álbum de fotografias.

– Isso é ótimo, Jonas.

O médico vem ao meu lado, segura meus ombros e sorri olhando em meus olhos.

– Você precisa focar no que é importante, doutora Clarisse.

Minutos depois estamos de volta no carro. Eu ainda tentava entender por que a minha profissão havia me esgotado a ponto de eu entrar em colapso.

– Você trabalha com o quê? – pergunto ao Jonas enquanto dirige. Ele ainda era alguém que eu pouco conhecia.

– Também sou médico, mas estou de licença para cuidar de você.

– Deus, eu estou me sentindo péssima!

– Quer voltar ao...

– Não. Estou porque não consigo me lembrar. Eu não sei nem quem sou.

– Não se preocupe tanto, Clarisse. Você é uma pessoa maravilhosa e se doou tanto para o trabalho. Estou aqui para ajudá-la.

– Há quanto tempo somos casados?

– Seis anos.

– Não temos filhos?

– Não, mas temos planos para o futuro.

– Quantos anos eu tenho agora?

– Trinta e cinco.

– Nos conhecemos no hospital?

Ele apenas faz que sim com a cabeça.

– Em que ano estamos?

– 2057.

Eu queria saber de mais. Queria tentar me lembrar de coisas que ainda não faziam sentido.

Em casa, prendo meus olhos nos dele e tento absorver alguma coisa que seja íntima, mas nada me vem à memória.

– Por que não se deita? Você precisa descansar.

Faço que sim e vou para o único lugar que sabia onde ficava naquela enorme casa.

Entro e abro a janela. Fico observando os poucos carros que passam e as pessoas caminhando.

Logo o cansaço vem. Sabia que o remédio estava fazendo efeito.

No dia seguinte, abro meus olhos devagar e assim que percebo onde estou sinto as mãos do Jonas tocarem nas minhas.

– Bom dia, meu amor.

Puxo um sorriso forçado ainda angustiada com a falta de lembrança.

– Bom dia, Jonas.

Ele sorri ao me ouvir:

– Então, se lembrou?

Nego.

– Lembro-me apenas de ontem.

– Hum... acho que é um bom começo, não é?

Levanto da cama e tomo um banho rápido. Encontro Jonas colocando nosso café na mesa.

–Vai sair? – pergunto ao ver sua roupa.

Alto, magro, moreno e com o rosto levemente arredondado. Jonas era um homem que aparentava ser pacífico e calmo ao extremo. Ao contrário do que me sentia; agitada e agoniada.

– Não vou longe, Clarisse. Iria apenas visitar nosso vizinho. Não se recorda dele também, não é?

Faço que não. Não me recordava mesmo.

– Se quiser, não preciso...

–Tudo bem, Jonas. Não se preocupe.

–Tem certeza?

Assinto e ele beija minha bochecha antes de sair.

Os dias seguintes são como repetições. Jonas disse no primeiro dia que estava de licença para cuidar de mim, mas sempre arranjava um jeito ou pretexto para se ausentar durante a maior parte do dia.

Eu preferia ficar em casa. Tentando encontrar alguma solução para o meu caso. As dores de cabeça me acompanhavam durante todos os dias. Juntamente com os remédios que Jonas fazia questão de me dar.

Estava tentando focar em Jonas e nas fotos felizes que vi. Mas nada além de borrões me vem à cabeça.

No fim da tarde, observo a janela. Era a única coisa que me mantinha lúcida naquela casa.

Vejo os carros e as mesmas pessoas passarem.

Até que algo diferente chama a minha atenção. Vejo um homem andar na direção da minha casa. Ele caminha calmamente na calçada, me vê, sorri e acena.

Meu coração para. Sinto espasmos em todas as minhas terminações nervosas. A pontada na cabeça vem à tona e me seguro na janela completamente desnorteada.

Em minha memória vem aquele homem. Aquele que está logo ali na rua.

Nós dois sorrindo. Nós dois de mãos dadas, na cama, jantando, piquenique... Ele entra na casa ao lado e volto a respirar.

Busco ar com força, com a mão no peito. Eu estava tremendo. Essas memórias haviam sido muito reais.

Sento-me na cama deixando aquelas lembranças tomarem conta

de mim.

Era estranho dizer que aquele homem na rua tinha mais a ver comigo do que meu próprio marido.

Fecho a janela aturdida. A cabeça gira e deito na cama, deixando o sono causado pela medicação tomar conta de mim.

No dia seguinte, Jonas acorda cedo e, como sempre, faz nosso café.

– Como está se sentindo hoje, Clarisse?

– A mesma coisa. Estou com medo de que nunca volte.

Ele vem até a mim e segura minha mão.

– Vamos com calma. Se não retornar, repetiremos a mesma história.

Sorrio para ele.

Estava feliz com a sua resposta e mais ainda com a sua paciência diante de toda aquela loucura.

Ele calça o tênis.

– Vai sair? – pergunto.

Eu não fazia questão de tê-lo em casa. Pelo contrário, me sentia muito mais à vontade sozinha.

– Vou no Igor.

– Igor?

– Nosso vizinho, Clarisse. Ainda não se recordou?

A mesma pontada na cabeça que vem me acompanhando diariamente volta e tento controlar a situação.

Igor. Igor. Igor. Sim. Esse era o nome daquele homem. Do homem que vi passar e que me fez ver coisas.

– Não. – Não sabia se era uma recordação ou se era algo da minha cabeça. Mas ambas as opções me deixavam bastante intrigada.

Deus, eu não queria ser a traidora nem a louca que começa a inventar coisas.

– Se quiser, posso desmarcar e... – começa Jonas com o olhar caído.

– Por que não o convida para jantar conosco hoje?

Ele franze o cenho e na mesma hora me arrependo da proposta.

– Acho uma ótima ideia. Ele vai adorar. Somos bem amigos, Clarisse.

Apenas sorrio e Jonas toma alguns goles do seu café, beija minha testa e me dá alguns comprimidos de remédios prescrevidos pelo doutor Ross.

Saio pela casa à procura de alguma pista. Algo que me fizesse recordar. Não queria mais ficar presa em um quarto.

Até que entro no escritório. Sento-me na cadeira e começo a revirar as gavetas da mesa.

Vejo algumas correspondências. Algumas do Jonas e outras destinadas a mim. Eram apenas contas e outras sem importância.

Durante o dia, Jonas liga e informa que trará o jantar da rua e confirma a presença do vizinho. Ele se mantém ausente e não consigo me concentrar em nada, a não ser no jantar.

Algumas imagens de Igor ressurgem. Era como se a presença dele em minha vida fosse muito mais nítida.

À noite, Jonas chega com Igor.

Sua pele clara e seu sorriso tímido me causam uma certa sensação de familiaridade. Diferentemente do que sentia com Jonas.

– Boa noite, Clarisse.

Sua voz entra em meus ouvidos de forma pura, sem ruídos ou algo que pudesse interrompê-la. Era suave, era esplêndida.

Sorrio e, para minha surpresa, ele me abraça.

Sinto-me constrangida.

Mais memórias invadem meu ser. Igor segurando meu rosto, beijando meus lábios e eu arqueando minhas costas em êxtase.

– Normal – murmuro.

– Descansou bastante? – pergunta Jonas. – Eu te disse que Clarisse está de repouso, não disse, Igor?

– Ah, sim. Está melhor?

Sua pergunta me faz virar um pouco a cabeça de lado. Queria interpretar cada gesto que ele pudesse enviar para mim.

Mas, durante o jantar, Igor se mantém formal. Eu fico concentrada, recebendo todas as informações que o meu cérebro emitia.

Enquanto estamos na mesa, o celular de Jonas toca. Ele pega e me olha.

– É do hospital. Tenho alguns pacientes lá e, se me derem licença...

Eu e Igor assentimos.

Observo o homem à minha frente. Cabelos castanho-claros, curtos. Pele morena clara, lábios carnudos e um rosto quadrado.

Tudo nele me parecia extremamente íntimo.

O silêncio permanece por algum tempo.

Até que arranha a garganta.

– Imagino que para você seja bastante difícil ficar em casa tanto tempo.

– Um pouco.

– Você tem se recordado?

Ajeito-me na mesa e deixo meus olhos nos seus. Queria descobrir tudo que ainda era obscuro na minha mente.

– Algumas coisas.

Ele sorri um pouco.

Com esse sorriso, sou surpreendida por uma nova lembrança. Igor me dando um anel.

Imediatamente, vejo minha mão. O anel não estava ali. Sou pega de surpresa por um sentimento até então desconhecido.

Sentia amor por aquele homem. Meu coração bate acelerado e minhas mãos tremem.

Sentia também medo. Não sabia se nesse momento o receio era por não o ter ou pelas imagens na minha cabeça que poderiam não ser reais.

– Eu tenho algo importante que deveria me lembrar?

Igor arregala um pouco os olhos e nega, levantando os ombros.

– Talvez a coisa que deva se recordar seja a que você é uma excelente médica.

Eu ainda não me recordara de nada disso.

– Talvez algo mais íntimo, Igor?

Percebo que ele engole com dificuldade e procura com pressa a água à sua frente.

– Não, eu...

– Pronto. – Chega Jonas. – Resolvido. Nada que não pudesse ser resolvido pelo telefone.

– Bom, é tarde, Jonas. Estava só te esperando para poder ir embora e agradecer a janta.

–Você sabe que é sempre bem-vindo, não é? Clarisse gosta de você.

Aperto os lábios e era a minha vez de procurar pela água.

Na manhã seguinte, acordo com a sensação de que deveria ir em busca de mais informações. Igor já fazia parte dos meus pensamentos, enquanto nenhuma lembrança a mais do Jonas me vinha à mente. Apenas aqueles borrões que não me faziam sentir o amor que sentia pelo vizinho.

Era tudo muito estranho, mas almejava saber quem eu era de verdade.

Assim que Jonas sai, me visto e bato na casa do Igor.

Queria tirar a prova dos nove. Queria certezas e não mais dúvidas.

Ele atende.

– Oi, Clarisse. Algum problema?

Sem pensar demais, eu agarro seu pescoço e junto meus lábios nos dele. No início, Igor permanece entorpecido pela minha reação tão inesperada, porém percebo sua aceitação quando fecho a porta por trás de nós dois e aperto meu corpo mais forte contra o dele.

– O que está fazendo?

– Não pergunte demais, Igor, apenas me beije.

Ele faz o que peço e enquanto sinto seu corpo sobre o meu reconheço cada gesto, cada toque de carícia que me presenteia. A ternura expelida enquanto nós nos tocamos me dava a certeza de que não, eu não era louca. Aquilo era real. Muito real.

E agora, sim, eu me sentia em casa.

Os dias vão passando.

Jonas se mantinha da mesma forma. Sempre bastante categórico nas coisas que me contava. Apenas a cena do nosso casamento era lembrada e, mesmo assim, distorcida.

Resolvi parar de tomar os remédios. Eles me deixavam sonolenta. Eu fingia que tomava e jogava fora quando Jonas saía.

Encontrava Igor diariamente sem dar muitas explicações. No início ele foi relutante em continuarmos com o caso extraconjugal, mas sempre me mantinha por perto.

Ele não dava sinais de que se recordava das mesmas coisas que eu. O que me deixava bastante angustiada. E não queria dizer a ele o que vinha na minha memória. Não queria que imaginasse que eu estava mesmo com problemas na cabeça.

Eu sabia que estava errada, que deveria ir ao doutor Ross e contar as coisas que estavam acontecendo. Eu poderia ser esquizofrênica e estar diante de algo que não era real. Várias coisas passavam pela minha cabeça, mas a única que sentia veracidade era a de estar perto de Igor.

Em um dia qualquer, Jonas acorda e me abraça.

– Bom dia, amor.

– Bom dia.

– Hoje temos consulta marcada com o doutor Ross.

– Hoje?

– Sim, de rotina.

Assinto e vamos para o hospital.

O doutor faz várias perguntas. Digo a verdade, mas omito a parte de que me recordo do sentimento que tenho pelo vizinho. Ele me dá um remédio e de um jeito bem rápido cuspo para fora, jogando-o no lixo.

Faço novos exames e me colocam deitada.

– Você vai sentir um cansaço, Clarisse – diz o médico. – Apenas descanse, tudo bem?

Faço que sim e fecho meus olhos.

Eu não estava com sono. Não havia engolido a droga. Fico parada, fingindo dormir. Faço o que ele espera que aconteça até que ouço a voz de Jonas bem baixinha.

– Não deu certo.

– Acalme-se, Jonas. Clarisse ainda tem tempo.

– Eu percebo o modo como olha. Ela está relutante sobre as suas novas memórias.

Como é?

– Precisamos avaliá-la novamente. Fazer novos testes.

– Ela vai até Igor.

Sua relação quase me faz saltar da maca.

Ele sabe!

– Então, você acha que as memórias antigas não foram formatadas com sucesso?

– Exatamente isso que eu acho, Ross.

Um ano e meio atrás

– Tem certeza disso, Clarisse?

– Estou com 35 anos, Ross. A doença tem se manifestado em jovens e adultos cada vez mais precocemente. Precisamos fazer algo e nada melhor do que nós mesmos para fazermos parte disso.

– Você tem uma vida. Tem também o Igor.

– Eu entendo a minha esposa – diz Igor quando segura minha mão.

O escritório gelado do doutor Ross era conhecido. O hospital também.

Como neurocientista pude estudar e me aprofundar mais no Alzheimer, na doença neurodegenerativa que foi descrita em 1906. Há trinta anos a doença evoluiu, tornando-se mais comum em adultos de 40 anos. Com o excesso de informações desde a infância, o cérebro se mostrou extremamente incapaz de reter essa mudança e não conseguiu se adequar às evoluções tecnológicas. Sendo assim, cerca de 80% da população mundial tem o diagnóstico precoce de Alzheimer e poucos vivem mais do que cinco anos com a doença.

Em alguns poucos casos, a doença estava presente em pessoas ainda mais novas, como no meu caso.

– Clarisse já dá sinais da doença, Ross. Ontem mesmo esqueceu o nosso almoço mesmo eu tendo avisado minutos antes. Temos apenas essa opção antes que estejamos sem condições psicológicas para escolher algo.

– Clarisse, você sabe de todo o processo para entrar nesse experimento, não sabe? Sabe dos efeitos colaterais permanentes e sabe que nunca ninguém passou no teste. Está ciente disso?

Igor me olha e segura minha mão ainda mais apertado.

Seus olhos marejam e sinto meu corpo todo palpitar. Eu estava com medo. Mas tinha muito mais medo de definhar com a doença.

Eu queria ter aquela mínima chance de conseguir a cura do Alzheimer e tentar buscar uma vida mais longa com Igor.

O termo para o início do processo estava em cima da mesa. Igor não pensa demais, apenas acena com a cabeça para mim.

– Eu te amo, meu amor. Jamais me esquecerei de você.

– Eu te amo, Igor. Também jamais me esquecerei.

Ele pega a caneta na mesa e assina o termo, passando a caneta para mim.

Ross pega o telefone e chama alguém enquanto Igor me abraça forte.

A porta do consultório é aberta e vejo o doutor Jonas entrar.

– Tem certeza de que querem fazer isso? – novamente a pergunta nos é feita. – Ainda posso fingir que não assinaram nada – diz ele, cruzando os braços.

Igor se levanta.

– Exigimos que ficaríamos em boas mãos, meu amigo. – Tranquiliza Igor. – Mas quero Clarisse bem ao meu lado. Se temos a possibilidade de testarmos, por que não faríamos? Ela foi uma das pessoas que viabilizaram todos esses testes para encontrar a cura do Alzheimer. Agora, quando a doença começa a se mostrar presente, ela não irá testar? Eu quero a minha esposa bem. Acho que tenho esse direito de tentar. Está sendo muito mais tranquilo saber que a memória implantada no nosso cérebro terá você como chave principal.

– Vocês são meus amigos de anos. Fico feliz em poder ajudar de alguma forma.

Ross se levanta da cadeira e nos acompanha até uma enorme sala.

Ele explica o procedimento para Igor e eu apenas concordo dando mais alguns detalhes do projeto.

– A memória de vocês será apagada. Será como se formatassem seus cérebros a partir de algum momento da vida – Jonas explica. – O cérebro precisa ter um descanso. Precisa limpar toda a sujeira que foi acumulando com os anos. Todas as informações desnecessárias.

– E infelizmente – completo. – Não sabemos ainda separar as memórias boas e ruins. Tudo será deletado.

Igor concorda, mas percebo seu nervosismo apenas no olhar.

– Então, não lembraria da Clarisse? – pergunta ele.

– Não – diz Jonas. – Essa experiência foi projetada há mais de 20 anos. Eu, Clarisse, Ross e mais centenas de médicos estamos estudando a possível cura por um longo tempo. O que acontece é que as pessoas que são submetidas ao processo têm a memória apagada até certo ponto e depois de o cérebro descansar por um ano colocamos memórias falsas, de uma vida que não existiu.

– E por que não colocam a mesma memória? – A pergunta de Igor faz meu coração palpitar. Por muitas vezes quis mudar a resposta, mas não consegui encontrar outra saída.

– Porque se fizéssemos isso não saberíamos se o cérebro conseguiu de fato apagar tudo antigo. Esse é o primeiro passo para a cura. Implantar uma nova vida nos faz ter a certeza – conto devagar e com pesar. – As mais de mil pessoas que participaram desse experimento até conseguiram manter as informações inseridas no cérebro por alguns dias, mas as memórias antigas sempre ressurgem. Era como se deletassem e depois, arrependidos, buscassem na lixeira. Consegue entender?

Igor faz que sim.

– A pessoa que vocês conhecem na vida antiga é de extrema importância — explica Ross. – No caso de vocês, Jonas conseguirá avaliá-los de perto. E terão um ao outro próximo para testarmos a memória com mais rapidez. Serão vizinhos, como combinamos.

– Então, temos que torcer para que não nos reconheçamos? – questiona Igor.

– Exatamente – concorda Ross. – Como eu disse, todas as pessoas foram reprovadas nos testes. Elas sempre se recordam e rejeitam as memórias implantadas.

– E o que acontece com elas? Com essas pessoas? – Igor cruza os braços.

– Voltam a ter Alzheimer depois de alguns anos e, como sabemos, morrem cedo demais.

– Já assinamos o termo, Ross. Podemos começar.

***

Levanto da maca com o solavanco.

– Clarisse!

Respiro rápido demais. Estava tentando absorver toda aquela memória.

– Diga-me, Jonas... – Puxo o ar com dificuldade. – Diga-me que não é verdade.

– Do que se lembrou, Clarisse?

– Que eu e Igor estamos participando de uma experiência pela cura do Alzheimer.

Jonas e Ross me encaram e murcham a expressão.

– Não é mentira e você não passou nos testes, Clarisse.

Uma emoção imensa me atinge. Era felicidade. Começo a chorar sozinha.

– Ele... Igor... não se recorda.

– Como sabe disso?

– Porque estamos tendo um caso.

Eles se entreolham com revelação.

– Eu achei que ele fosse me achar louca se contasse as lembranças que tinha.

– Ele pode estar mentindo – diz Ross. – Como pode ele ter um caso com você se não se recorda?

– Eu não sei, eu... talvez seja apenas pela afinidade. Alguma coisa que a ciência não possa estudar. Eu conheço o Igor. Eu iria perceber e...

– Precisamos de mais testes – fala Jonas com cara de preocupação.

– Sabemos o que tem que ser feito. – Ross pega o celular na mesma hora e faz uma ligação.

– Tem noção do que isso significa, Clarisse? – pergunta Jonas mais baixo.

– Que Igor é a cura que tanto procuramos, meu amigo.

– Não. Desde esse tempo que ficaram desacordados muita coisa foi descoberta, Clarisse. Apenas analisar o hipocampo do cérebro não será o suficiente. Temos que remover o hipocampo para amostras.

– Não! – sorrio de nervoso. – Fizemos vários testes. Sabemos que podemos pesquisar sem que...

– Isso foi antes de analisar um cérebro curado, Clarisse.

Fico sem ar. Meu corpo sente a pressão daquela notícia como se o mundo desmoronasse aos meus pés.

– Então...

– Ele precisa morrer para que a cura exista. – As palavras de Jonas só confirmam a minha suposição.

– Isso não pode acontecer!

– Clarisse, pense no que ele queria. Ele queria salvá-la.

– Mas não posso perdê-lo. Ele se arriscou por mim.

– Ele não sabe quem você é. Igor não tem mais aquelas memórias.

– Mas tem as novas e isso já basta para mim.

Retiro os fios ligados no meu pulso e alguns presos na minha testa e me levanto da maca com rapidez.

– Clarisse!

Saio do hospital com destino certo.

Eu não poderia perder Igor.

Chego em sua casa e não perco tempo. Não sabia o que poderiam fazer para reter o único homem que passou nos testes, a cura de anos da doença.

Ele abre a porta e sorri.

– Não tínhamos combinado mais tarde?

– Igor, ouça, precisamos fugir.

– Fugir? – Ele franze o cenho.

–Você me ama?

– Sim, mas...

– Não quer viver comigo? Sem Jonas e sem ninguém que nos impeça?

– Mais do que tudo, Clarisse. Eu não sei o que aconteceu conosco. Eu sempre te achei linda, mas nunca quis trair meu amigo. O que temos é muito especial para mim e...

– Tem coisas que não podemos escolher, Igor.

Ele aperta os lábios e segura meu rosto.

– Eu quero ficar com você.

Sorrio.

– Então, hoje à noite. Eu te espero na esquina da rua e partimos, tudo bem?

Ele faz que sim e me beija.

– Ah, não tome mais as vitaminas que Jonas te receitou.

– Por que não?

– Porque elas não são para o que ele diz que são.

Vou até a casa ao lado, na qual as lembranças implantadas dizem ser minha e faço uma pequena mala.

Espero o sol baixar e vejo Jonas chegar.

– O que está fazendo? – pergunta quando vê a mala em minha mão.

– Eu vou fugir com Igor, Jonas.

Ele me olha com pesar. Eu estava sentindo mil coisas ao mesmo tempo, mas o medo de perder Igor era a maior de todas.

– Não posso viver uma vida sem ele. Assim como ele não queria viver sem mim.

– A doença mata milhões ao ano, Clarisse. Muitas pessoas dependem desse estudo.

– Desculpe, Jonas, mas eu já fiz minha escolha.

– Você tem Alzheimer. – Sua frase me faz parar. – Sabe que não vai viver muitos anos, não sabe?

– Eu sei, mas são esses anos que me farão reconstruir uma vida que ele perdeu.

– Não faça isso, Clarisse.

– Desculpe, Jonas... desculpe. Eu não posso ficar sem o Igor.

– Sou obrigado a ligar para o serviço secreto e avisar o ocorrido. Vocês possuem um termo assinado dando a autonomia para os médicos fazerem o que tiver que ser feito em prol da cura.

– Eu sei... eu me recordei, Jonas. E é isso que eu temo. Preciso salvá-lo.

– E matar o restante da população?

– Eu não posso ter essa responsabilidade.

– Mas você tem e está jogando isso fora.

Respiro fundo e ajeito a mala, meneando com a cabeça.

– O que faria, Jonas? Você prefere pensar nas outras pessoas e perder a única que faz sua vida ter sentido ou deixaria que ela morresse e viveria com a dor da perda?

– Você sabe qual é a minha resposta, Clarisse.

– Deve ser porque não tem ninguém que ame.

– Talvez.

Eu tinha a consciência de que estava sendo egoísta. Que só estava pensando na minha dor. Na dor de perder o amor da minha vida. Porém, viver minha vida sem ele era algo que não estava nos meus planos.

– Nos dê apenas alguns minutos antes de relatar nosso sumiço. Por favor, pelos velhos tempos.

Jonas faz uma expressão triste. Ele sentia por tudo também.

Até que faz que sim com a cabeça.

– Tome – ele me entrega a chave do seu carro. – Assim terão mais tempo.

– Obrigada, meu amigo.

– Se mudar de ideia, sabe onde me encontrar.

– Não mudarei.

– Isso é uma pena.

Alguns anos depois...

Igor,

Não fique triste com a minha partida. Tenho algo muito importante para contar. Vou tentar ser breve e direta, meu amor.

Primeiramente, gostaria de agradecer pelos anos que me proporcionou. Não digo só estes que ficamos juntos depois que fugimos do país, mas falo do que veio antes. Não se assuste, mas preciso te contar uma história...

Há alguns anos aceitamos fazer parte de um experimento para encontrar a cura da doença que me fez morrer: Alzheimer. Você sabe o quanto ela mata e o quanto nossa humanidade está fadada a adquiri-la.

Aceitamos tais testes porque eu já dava sinais da doença. Você foi o meu grande apoiador na decisão. Éramos casados e muito felizes.

Nossas memórias foram apagadas, porém a minha retornou me fazendo ser reprovada no teste. Mas você não. Você, sendo essa pessoa brilhante como é, passou.

Eu sei que construímos uma vida nova e que você não se recorda da antiga, mas preciso te deixar ciente de que ambas foram maravilhosas ao seu lado. E a história de que duas pessoas estão predestinadas a ficarem juntas na vida é a maior certeza que tenho.

Tudo pode parecer uma loucura, mas vou deixar dois números de telefone aqui embaixo para que eles possam te contar tudo com mais calma. Pode confiar em Jonas e Ross, ok? Eles vão poder te confirmar essa loucura. Jonas nunca foi o meu esposo. Ele era nosso amigo na antiga vida. Ross era meu companheiro de trabalho. Apenas ligue para tirar a prova. Espero que consiga perceber que não estou no ápice da doença.

Encontramos a cura através de você, Igor. Isso é incrível, se não fosse o fato de que você teria que morrer para que pudessem estudar seu cérebro.

Com o retorno da minha memória, eu não pude deixar isso acontecer. Fui egoísta, sim! Mas não conseguiria viver uma vida sem você. Convivi anos com a dor da culpa, antes que a maldita doença me pegasse de jeito.

Você foi o maior apoiador no experimento quando percebeu que iria me perder para o Alzheimer. Não iria deixá-lo morrer dessa forma. Fui a pessoa mais mesquinha e egoísta do mundo. Porém, não consigo me arrepender das minhas escolhas.

Agora, a escolha é sua, e não mais minha.

Deixo a opção de ir até os médicos e morrer pela cura ou resolver permanecer por aqui sem que nada aconteça.

Espero que compreenda e que siga seu coração, assim como segui o meu em todas os momentos desta e da outra vida.

Com amor,
Clarisse.

LIBERDADE COMPRO-METIDA

THATI MACHADO

DURANTE TODA A MINHA VIDA, ME QUESTIONEI SOBRE O MOTIVO DE TER SIDO DESIGNADA COMO FILHA DELES. A MAIORIA DAS FAMÍLIAS POSSUI CARACTERÍSTICAS FÍSICAS COMPATÍVEIS, O QUE NÃO É O NOSSO CASO

Estou parada diante do meu closet há pelo menos meia hora. Não importa quantas vezes eu revire minhas roupas, não encontro nada à altura do Dia da Escolha. Todo jovem de 17 anos e de classe alta está se aprontando para o grande momento e fico me questionando como eles se sentem. Não sei que roupa vestir, que penteado usar e, principalmente, não faço ideia da profissão que irei escolher. Sei que tive toda a minha vida para tomar essa decisão, mas não foi o suficiente.

O Estado dá a cada jovem uma única chance de escolher uma boa profissão para exercer. Se falhar nela, você é rebaixado para as profissões de segunda categoria em menos de meio minuto. Receio falhar, fazer a escolha equivocada... Sinto medo e ele está me sufocando.

– Kamisha, escolha uma roupa logo ou vai se atrasar – minha mãe avisa, parada diante da porta entreaberta do meu quarto.

Como sempre, ela está absolutamente divina e impecável. Seus cabelos platinados são lisos e caem sobre seus ombros com perfeição, chegando perto da cintura. Seus olhos possuem um magnífico tom de azul-escuro... Sempre que ela me olha profundamente, sinto que me perco dentro de um imenso oceano. Seus dentes são incrivelmente brancos, sua cintura é fina e tudo no seu corpo é proporcional. Ela é, sem dúvida, uma mulher perfeita. E ainda ocupa um importantíssimo cargo político. Kevin, meu irmão mais novo, se parece muito com ela.

Tyson, nosso pai, não fica para trás. Perfeito também é uma ótima palavra para defini-lo. Ele é alto, tem um lindo rosto retangular sem rugas, seu cabelo possui um glorioso tom de castanho-claro, seus olhos são verdes como esmeraldas e ele esbanja saúde. Em meus 17 anos de vida, nunca o vi doente. Ah, ele ainda é um médico geneticista renomado! Já estampou jornais e revistas... Suas pesquisas são referência por todo o país. Sinto muito orgulho dele!

Durante toda a minha vida, me questionei sobre o motivo de ter sido designada como filha deles. A maioria das famílias possui características físicas compatíveis, o que não é o nosso caso. Sou negra, tenho cabelos crespos e estou um pouco acima do peso. Fico me perguntando se o Projeto Bebê Ideal fez essa escolha por mim: não me imagino em nenhuma outra família.

– Ainda sem roupa, Kamisha? – minha mãe reaparece e me olha com reprovação. Ela se aproxima de mim e me segura pelos ombros, me olhando intensamente com um sorriso contido no rosto. – Sei que você está nervosa, minha filha, mas vai dar tudo certo. Deixe que o seu coração fale por você...

– Tenho pensado sobre o Projeto Bebê Ideal – confesso, temerosa. Nunca expus meus questionamentos e dúvidas para ela. Talvez seja uma boa hora. – O projeto tem como objetivo formar as melhores famílias possíveis, certo? – Katarin assente, atenta. – E eu sinto que foi exatamente o que fizeram por mim. Eu provavelmente fui tirada de uma família pobre e com poucos recursos e fui designada para vocês, que me deram tudo que precisei. Mas não é estranho que eu seja tão diferente de vocês? Eu não vejo isso acontecer com as outras famílias... – Minha mãe parece pensativa e morde o lábio inferior enquanto escolhe as palavras adequadas.

– O Projeto é regido por um teste de compatibilidade, não é mesmo? Talvez por isso as famílias pareçam todas iguais... Mas você foi designada para ser nossa filha por algum motivo e nós a amamos desde o dia em que a vimos, filha.

– Mesmo eu não me parecendo fisicamente com vocês? – deveria ser uma afirmação, mas sem querer acaba soando como uma pergunta.

– Você ainda tem dúvidas? – seu questionamento é firme, mas ainda assim carinhoso. Minha mãe se aproxima e coloca as mãos em meu rosto. Seu sorriso é largo e acolhedor. – O motivo para você ter sido designada para nós pouco importa... O que importa é que você é a filha que sempre quisemos ter e nós amamos você e seu irmão acima de qualquer coisa – eu me aproximo dela e sou recebida para um abraço apertado. Em seguida, minha mãe se afasta apenas o suficiente para encarar meu closet. – Que tal o vestido amarelo com renda? Você fica deslumbrante nele!

– Você nunca erra, mãe – agradeço por não precisar tomar essa decisão ao menos.

Depois de quase 40 minutos, finalmente estou pronta para o grande dia. Quer dizer, estou vestida, para ser mais exata. Estar pronta é outra história. Ainda estou em dúvida e receosa sobre um monte de coisas, mas tento me tranquilizar e seguir o conselho da minha mãe: deixarei que meu coração fale por mim. Só espero que ele não seja muito estúpido!

Papai passa de carro para nos buscar. Kevin, que enfrentará o mesmo em dois anos, parece tranquilo e relaxado. Acho que ele não tem tantos dilemas quanto eu. Todos apostam que ele seguirá os passos do nosso pai e será um médico tão bom e competente quanto ele. Tomara que sim.

Chegamos ao Centro de Profissões e Ocupações em pouco mais de 20 minutos. Não demoramos a encontrar uma vaga para estacionar o carro. Minhas mãos estão suando e minhas pernas tremendo. Respiro fundo tentando manter a calma, mas assim que entramos pela porta principal um guarda me separa da minha família e isso só piora minha situação.

Avisto Maddie, minha melhor amiga, não muito longe dali e caminho apressadamente até ela, que me recebe com um abraço reconfortante. Ela sabe exatamente como me sinto, pois vem acompanhando meu drama de perto há meses.

– Relaxe, Kamisha, vai dar tudo certo! – tento absorver a sua postura positiva, mas estou tão nervosa que não sei se consigo.

No lado de dentro, uma voz imponente dá as boas-vindas aos jovens presentes e começa a falar sobre como esse dia é imprescindível e vital para nossa comunidade. O blá-blá-blá desinteressante acaba e finalmente os nomes começam a ser chamados. Dou graças a Deus por meu nome não começar com a letra A, na mesma medida em que odeio que o momento da decisão seja prorrogado.

Um a um, os adolescentes sobem no palco para anunciar qual carreira desejam seguir. Alguns deles parecem ainda mais nervosos do que eu, enquanto outros são tão confiantes quanto poderiam ser.

Aila, uma jovem que estuda conosco, é a primeira e parece segura sobre a decisão tomada: atriz. Ela sempre protagonizava todas as peças em nosso colégio, então não é nenhuma surpresa. Albert, que é chamado em seguida, hesita por um momento, mas pronuncia sua futura ocupação em alto e bom som logo em seguida: dentista. Os jovens vão tomando suas decisões e ninguém demora mais que dois minutos para isso, o que não ajuda em nada. Quando pronunciam meu nome, fico imóvel diante do palco e não consigo tirar meu pé do chão. Maddie me dá uma cotovelada de leve, mas continuo sem reação.

– Kamisha Condon – repetem, desta vez mais pausadamente.

Bem menos delicada desta vez, minha colega me empurra em direção ao palco e eu quase tropeço no caminho. Ouço risadinhas ao redor e detesto isso. Há uma cadeira solitária no palco à minha espera e sigo até ela tão lentamente, que ouço pessoas bufando por todo o Centro. Não dou a mínima! Sento-me e respiro o mais fundo que posso. Meu nome é repetido no alto-falante e então vem a temida pergunta:

– Qual será sua ocupação daqui para a frente?

Por um minuto, sinto que o mundo parou de girar. Ou talvez isso esteja acontecendo apenas dentro da minha cabeça, o que obviamente é mais provável. Fecho os olhos e peço silenciosamente que meu coração me mostre o caminho. E então, atordoada e confusa, eu digo:

– Serei supervisora júnior do governo – anuncio. Impaciente, a voz retorna.

– De qual projeto, senhorita Condon? – mais risadinhas. Estalo os dedos das mãos e sei que o nome está na ponta da minha língua, mas estou hesitante em pronunciá-lo. – Senhorita Condon?

– Projeto Bebê Ideal – deixo escapar, me recusando a pensar mais no assunto.

As pessoas aplaudem, mas provavelmente o fazem apenas por educação. Levanto-me trêmula e cambaleante e saio do palco com o coração acelerado. Acabo de decidir todo o meu futuro e não estou segura de ter feito a escolha certa.

II

Meu novo uniforme, impecavelmente branco, acaba de ser passado e espera que eu entre nele. É meu primeiro dia de trabalho e estou tão nervosa... Mais nervosa do que estive no Dia da Escolha (nunca achei que isso fosse possível). Visto-me e saio de casa comendo uma maçã. Levo meu casaco branco nas mãos. Caminho apressada até o ponto de ônibus, onde pegarei a condução exclusiva para funcionários do governo. Há outras pessoas esperando no ponto e algumas delas me olham da cabeça aos pés, com ares de reprovação. Tive 17 anos para aprender a lidar com esse tipo de coisa, então apenas ignoro. Não há nenhum rosto conhecido e ninguém parecendo gentil o bastante para eu me aproximar. Queria que a Maddie estivesse aqui. Fico na minha, comendo minha maçã em silêncio, até que o ônibus finalmente chega.

O trajeto é curto e o motorista faz poucas paradas. Quando eu e os outros novatos chegamos ao núcleo do Projeto Bebê Ideal, somos recebidos com muitas palmas, gritos e assovios pelos funcionários mais antigos. É animador! Eu nunca soube exatamente o que faria quando crescesse, mas sempre desejei que fosse algo importante e significativo, algo que mudasse a vida das pessoas. E aqui estou eu, perto de decidir o destino de algumas delas. Sinto um frio na barriga e respiro fundo, repetindo em pensamento que serei a melhor funcionária que esse projeto já teve.

Avalio os funcionários antigos e reparo que nenhum deles se parece comigo. São todos brancos, com cabelos lisos e corpo esbelto. Parecem padronizados. É claro que desde criança sei que sou diferente... Os filhos dos nossos vizinhos, bem, nenhum é como eu. Em meu colégio, muito menos. Mas eu achava que quando abrisse meu leque e partisse para o mundo encontraria mais pessoas parecidas comigo. Por que será que não há quase nenhuma criança negra designada às famílias de primeira classe? Por que parecem todos iguais?

– Senhorita Kamisha Condon? – uma voz masculina pergunta, me tirando do meu transe. Viro-me em sua direção e pisco algumas vezes antes de abrir um sorriso formal. – Sou Patrick Alter, seu instrutor – ele estende a mão direita na minha direção e eu me apresso para que nosso desajeitado cumprimento aconteça. – Por favor, me siga.

Não tenho como afirmar, mas acho que Patrick não gostou do nosso aperto de mãos. Sem dizer nem meia-palavra, eu o sigo através de corredores imaculadamente brancos. É tudo tão claro neste lugar, que chega a incomodar minha vista. Patrick anda rápido e eu preciso me esforçar para acompanhá-lo. Vejo novatos sumindo pelas portas brancas com maçaneta prateada e é só no fim do corredor que faço o mesmo. Meu instrutor acena na direção da cadeira vaga e eu a ocupo apressadamente. Ele parece impaciente.

– A senhorita precisará assinar um contrato de confidencialidade. Todas as informações que adquirir sobre o Projeto Bebê Ideal deverão ser totalmente sigilosas. A senhorita entende o que isso significa? – assinto, pois ele não poderia ter sido mais claro. Será que ele já olhou minhas médias escolares? São altíssimas, ele não precisa me tratar como se eu fosse idiota. – Caso viole as regras que conduzem esse projeto, a senhorita será presa e responderá a um processo movido pelo governo de Basilika – complementa.

Por que o projeto precisa de tanto sigilo e regras? Todos sabemos como ele funciona: através de um teste de compatibilidade, o governo decide para qual lar irá cada criança nascida no país. Dessa forma, garantimos as melhores oportunidades para todos os nossos cidadãos e evitamos abandonos, diminuindo as taxas de criminalidade. É bem simples e eficaz, no meu ponto de vista.

Patrick me estende um documento ENORME e informa que está se retirando por alguns minutos para que eu possa lê-lo atentamente. Céus, são mais de 100 folhas, levarei horas para ler tudo isso. Coloco meu casaco no braço da cadeira e dou início à minha leitura e me deparo com muitos termos técnicos que ainda não conheço. Imagino que sejam pura burocracia, então começo a ler de forma mais apressada, passando os olhos apenas pelas partes que julgo importantes. Sigilo total, zero envolvimento com as crianças que chegam ao projeto, treinamento prático e não remunerado para entender o funcionamento dos testes de compatibilidade, jornada de oito horas diárias com direito a duas refeições, transporte governamental gratuito integral... Não há do que reclamar, parece um ótimo emprego. Cerca de duas horas depois, Patrick retorna e eu lhe estendo o documento devidamente assinado.

– O almoço sai em meia hora. Você pode descansar até lá. Depois que estiver alimentada, daremos início às explicações sobre o teste de compatibilidade.

– Obrigada – é a primeira palavra que pronuncio desde que cheguei. Levanto-me e meu instrutor me dá um mapa digital para que eu possa chegar ao refeitório sozinha e então saio de sua sala, caminhando pelos corredores de acordo com as informações que recebo.

Já estou na metade do corredor quando percebo que esqueci meu casaco. Como o almoço ainda demorará um pouquinho para sair, retorno para a sala de Patrick sem pressa. Estou prestes a bater à sua porta quando ouço vozes. Não resisto à tentação de ouvir a conversa:

– Todo projeto tem falhas – uma mulher fala. Pelo tom, imagino que seja uma senhora. – Kamisha Condon é uma delas – afirma e engulo em seco ao escutar meu nome. Ela está dizendo que eu sou uma falha?

– E o que podemos fazer a respeito? – Patrick pergunta, parecendo concordar com a afirmação.

– Nada, Patrick. Ela já está na mesma família há 17 anos... Seria um risco desnecessário mandá-la para a segunda classe.

– Segunda? – ele questiona com um tom incrédulo. – A senhora é muitíssimo generosa. Eu a mandaria direto para a terceira! – Será que ele podia fazer aquilo? Mandar alguém para a terceira classe apenas por vontade própria, ignorando os testes de compatibilidade? Meu estômago está embrulhado e sinto muita vontade de vomitar.

– Fique de olho nela – a senhora instrui calmamente. – Certifique-se de que ela não causará problemas. – Patrick não responde nada, mas posso imaginá-lo assentindo. Desisto de recuperar meu casaco e volto para meu plano inicial de seguir até o refeitório, mas, desta vez, estou correndo. Correndo pelos imaculados corredores brancos o mais rápido que posso.

Chego ao refeitório arfando e demoro alguns minutos para regularizar minha respiração. Há outros novatos por ali... Eles estão conversando, rindo, parecem animados. Nenhum parece me dar a brecha de que preciso para me aproximar, então resolvo me sentar sozinha e esperar até que o almoço seja servido. Tento canalizar minha atenção para minhas redes sociais ou para minhas fotos, mas falho instantaneamente. Não consigo parar de pensar na conversa que acabei de ouvir. Sinto que há algo de muito errado nessa história toda.

Como eu poderia ser uma falha do projeto? E como um supervisor do governo poderia ignorar o teste de compatibilidade e mandar uma criança para onde bem entendesse?

Decido não precipitar nada... Logo mais saberei como funcionam os testes e encontrarei uma explicação para todos os meus questionamentos. Apenas respire fundo e seja paciente, Kamisha!

III

Após o almoço, me encontro novamente com Patrick. Desde a conversa que escutei, não consigo olhar para ele diretamente. Minhas ideias continuam nubladas e turbulentas. Ele me olha demoradamente, como se estivesse me analisando, e nem tenta disfarçar sua expressão de total desgosto. Respiro fundo, repetindo que preciso me manter calma e forte.

– Faremos uma breve simulação hoje – explica, com falsa candura na voz. – O Projeto Bebê Ideal tem como finalidade construir famílias perfeitas. E não podemos ignorar que tudo isso – ele faz um gesto vago indicando tudo ao nosso redor – só foi possível graças às generosas contribuições dos cidadãos da primeira classe. Portanto, nosso compromisso principal é com eles.

Meu instrutor ativa a enorme tela do computador, que vai do teto ao chão, apenas com a voz. O sistema o reconhece rapidamente.

Ele solicita uma simulação e em poucos segundos vemos a imagem de um recém-nascido.

– Aqui podemos ver um lindo bebê de mentira – ele ri sozinho e fico me perguntando se era para ser uma piada. – Nós queremos achar para ele uma família em que ele se encaixe. Então... – duas fotos surgem na tela e há uma família em cada uma delas. De um lado, vejo pais brancos, altos, esbeltos, de cabelos castanho-reluzentes. Os dois estão abraçados e têm um sorriso de comercial no rosto. Na foto ao lado, vejo pais negros, de cabelos crespos rebeldes. O bebê em questão é branco e não tenho como afirmar sobre como serão seus cabelos e dentes. – Diga-me, Kamisha, com qual família nosso bebê de mentira tem mais semelhanças?

– Com a primeira – respondo e ele sorri satisfeito em seguida.

– Continue assim, garota, você terá muitos desafios como esse ao longo do dia... – avisa, fazendo surgir um novo bebê de mentira à minha frente. – Você tem testes programados até o final do expediente. Avise-me se tiver qualquer problema!

Passo o dia inteiro designando bebês falsos para famílias de mentira baseada apenas em sua aparência. É um exercício ridículo e, a meu ver, sem propósito, mas prefiro acreditar que ele fará mais sentido adiante. E, bom, espero estar certa quanto a isso, pois passo mais seis dias fazendo mais do mesmo e já estou de saco cheio.

No meu sétimo dia de trabalho, volto a encontrar Patrick e ele parece satisfeito com meus resultados. Bom, não precisa ser muito inteligente para atingi-los, não é mesmo? Meu instrutor tem me acompanhado de perto (ainda que nem sempre fale comigo), exatamente como lhe foi ordenado. Percebo que os demais novatos fazem o mesmo que eu, mas não há ninguém conferindo seus trabalhos por cima dos seus ombros.

Estou achando todo o treinamento do Projeto Bebê Ideal um saco. Sinto que ainda não aprendi sobre o que realmente importa. Sem contar que preciso entender por que sou considerada uma falha, por que Patrick me mandaria para a terceira classe sem pestanejar. Após a segunda fase, minha função finalmente começará a ser remunerada, mas nem isso é o suficiente para me causar entusiasmo significativo.

Juntando o pouco que aprendi até o momento, consigo compreender perfeitamente como e por que Kevin foi designado para nossa família. Minha designação, contudo, continua sendo um mistério para mim.

Talvez você realmente seja uma falha, diz uma voz irritante dentro de mim. Recuso-me a acreditar nela.

IV

Minha terceira semana no Projeto Bebê Ideal finalmente começa. Chego ao trabalho com uma hora de antecedência. Para minha surpresa, há diversos novatos reunidos em uma enorme sala computadorizada perto do refeitório. Estava indo buscar uma fruta quando os avistei. O fato de estarem reunidos tão cedo, sem que eu tenha sido convidada, me deixa um pouco intrigada. Tento, discretamente, me aproximar para saber do que estão falando. É claro que a cor da minha pele e o meu cabelo volumoso não ajudam. Por isso, antes de me aproximar, resolvo vestir meu moletom branco com capuz e até que funciona. Ninguém presta atenção em mim de verdade.

Patrick está em uma espécie de palanque e atrás dele há uma enorme tela com a fotografia de uma mulher negra, pobre e algemada. A voz do meu instrutor reverbera pelas paredes do local. Ele narra a sofrida vida da mulher e em seguida outra fotografia ganha a tela: trata-se de uma linda criança que, finalmente, se parece comigo, ainda que só um pouco.

– A mãe dessa criança não tinha autorização governamental para gerar uma nova vida, como acabei de lhes contar. Ao infligir nossa principal regra de controle de natalidade, ela e seu parceiro foram presos e responderão a um severo processo. Precisamos designar essa criança a um novo lar. Para isso, avaliaremos todo o seu DNA – através de vários números que parecem aleatórios, Patrick ativa um novo comando e em poucos segundos a tela é invadida por inúmeras estatísticas que ainda não compreendo. – Vejam... Essa criança, além de ter a pele um pouco escura, apresenta 73% de chance de ser obesa, como seus pais biológicos. Detectamos, ainda, que ela precisará usar óculos por volta dos 7 anos de idade. Além disso, ela tem 48% de chance de ter o cabelo crespo. O que podemos deduzir através disso? – ele questiona. – Lembrem-se: queremos formar famílias perfeitas. O Projeto Bebê Ideal não é uma obra de caridade. Os cidadãos da primeira classe pagam muito caro e não merecem que suas famílias percam o equilíbrio com crianças problemáticas. Sendo muitíssimo generoso, eu mandaria essa criança para a segunda classe. Ela seria encaminhada para a terceira se tivesse, além de tudo que já mencionei, dentes tortos, mais algum problema de saúde ou a pele mais escura...

Todos, absolutamente TODOS ao meu redor parecem estar de acordo. Eles assentem e parecem entusiasmados por terem conseguido resolver o problema como se espera deles. A minha cabeça gira e eu engulo seco. A criança seria designada para uma família de terceira classe se tivesse a pele mais escura, como eu tenho. Todo projeto tem falhas, dissera a mulher misteriosa. Kamisha Condon é uma falha.

Eu sou uma falha!

Sei que preciso fazer algo a respeito. Preciso entender por que fui designada para a família Condon. Preciso de explicações e respostas para todas as minhas dúvidas. Não posso suportar a ideia de designar crianças como eu para famílias que obviamente não poderão lhes oferecer quase nada. Estou perdida e sufocada dentro de mim mesma... Saio da sala com certa dificuldade. Ainda estou tonta e sinto-me levemente enjoada. Consigo entender perfeitamente o motivo de não ter sido convocada para essa reunião. Entendo também por que todos os novatos parecem mais avançados que eu no treinamento: eles estão de acordo com o projeto como eu nunca conseguirei estar. Sinto que o ar está escapando dos meus pulmões, mas continuo respirando, não posso desmaiar e me entregar. É bom que Patrick continue achando que não estive naquela reunião e que não sei do que o projeto se trata. Por ora, essa é minha única vantagem.

Começo a arquitetar um plano, enquanto continuo em treinamento no projeto. Patrick tem me dado doses homeopáticas de como tudo funciona, na esperança de que eu não seja capaz de juntar as peças e entender o que de verdade mantém este projeto. É claro que, se ele tivesse olhado as minhas notas, saberia que não devo ser subestimada.

O tempo passa e parece se arrastar propositadamente apenas para me testar. Mantenho-me decidida e não tenho intenção de desistir. Estou neste emprego há pouco mais de três meses e ainda não tive a oportunidade de trabalhar com bebês de verdade. Ainda assim, tenho quase tudo preparado para quando esse dia chegar. É terça-feira. Saio cedo de casa, pego a condução gratuita e em pouco tempo já estou no meu local de trabalho. Patrick está à minha espera e me recebe dizendo que hoje é o grande dia. Minha boca fica subitamente seca. Ele me explica que passarei todo o dia fazendo simulações mais complexas e que, se aprovada, serei oficialmente uma supervisora júnior do governo.

Sinto nojo do que preciso fazer, mas ainda assim faço. Preciso passar no teste se quiser ter a chance de mudar o destino de qualquer criança real. Então, apenas faço o que precisa ser feito e ao final do dia sou aprovada com louvor. Não é difícil entender os conceitos discriminatórios que regem esse projeto.

V

Depois do jantar, chamo minha mãe para uma conversa particular no meu quarto.Sei que o trabalho dela não tem ligação alguma com o Projeto Bebê Ideal, pois os dois pertencem a segmentos políticos completamente diferentes. No entanto, sei que ela tem influência o bastante para me ajudar, caso eu precise.

– Mãe, preciso que você fique calma, confie em mim e guarde um segredo – quase imediatamente, vincos surgem na sua testa e ela parece confusa e preocupada. – Caso algo me aconteça, você precisa fazer com que as pessoas tenham conhecimento disto – estendo a mão na sua direção e abro a palma dela, onde está um minidispositivo de memória. – Prometa-me que não abrirá o conteúdo dele a menos que seja necessário – peço e minha mãe, apesar de relutante, assente. Eu a puxo para um abraço apertado, que é muito mais que bem-vindo. Ela suspira pesadamente e em seguida toca meu rosto com afeto. Não diz absolutamente nada e vai embora.

VI

Volto ao núcleo do Projeto Bebê Ideal na manhã seguinte e recebo um crachá com meu nome, sobrenome e uma foto. Encaminham-me para a sala de número 7, onde trabalharei com mais seis pessoas. Sento-me diante do meu novo computador e agradeço pelas lacunas laterais que me darão alguma privacidade. Respiro fundo antes de começar meu trabalho. Não aquele que me foi designado, mas aquele que resolvi assumir, durante os últimos meses, por conta própria. Uma foto surge na minha tela. Há nela um lindo bebê que ainda não sei como chamar. Consulto a lista de nomes apropriados e disponíveis e bato o olho imediatamente em Kaio. Parece-me um lindo nome! O pequeno Kaio é extremamente branco, tem olhos claros e bochechas rosadas. Ele, no entanto, tem síndrome de Down. Isso é motivo suficiente para mandá-lo direto para a terceira classe, pois não se trata de possibilidades, mas sim de algo concreto. Respiro fundo e avalio a lista de famílias de primeira classe disponíveis no momento. Busco pela família com mais recursos financeiros. Fico feliz quando constato que eles já possuem um filho de 3 anos. Sei que Kaio gostará da companhia. E então Kaio é designado. Espero ter a chance de entregá-lo à sua nova família antes de ser pega.

Ao longo do dia, escolho o nome e mudo o destino de seis crianças e isso me deixa em êxtase. Sei que estou correndo riscos, mas sinto dentro do meu peito que estou fazendo a coisa certa. São 5 da tarde quando começo a entregar os bebês que designei a suas novas famílias. Estou tensa, mas também plena e realizada. Quando vou entregar Ellena, a última criança, vejo homens armados entrando pela porta e meu coração dispara. Seus novos pais ainda estão distantes e rezo para que se aproximem a tempo... Não acontece. Antes que Ellena esteja nos braços de sua nova mãe, os homens armados a tiram de mim e prendem meus braços atrás das costas, me carregando brutalmente corredor adentro. Isso atrai muitos olhares, não que eu não os tenha atraído a vida inteira...

– Senhorita Kamisha Condon, você está sendo presa, acusada de alta traição pelo Projeto Bebê Ideal. Tem o direito de permanecer calada até que um representante legal a oriente – não digo nem uma palavra, mas por dentro estou desmoronando. Há poucos meses eu era só uma jovem indecisa sobre a escolha de seu futuro e hoje estou sendo presa, acusada de alta traição. Eu acreditava piamente no projeto e era grata a ele por ter me dado a melhor família que poderia ter, até descobrir que sou uma falha, um erro. Um erro de quem? De outra pessoa como eu, talvez? De alguém que entendeu o quão injusto é esse sistema e resolveu confrontá-lo?

Os guardas me levam para o estacionamento, me jogam dentro de uma van preta da polícia e colocam vendas nos meus olhos. O veículo começa a chacoalhar e não faço ideia do meu destino.

– PARA ONDE ESTÃO ME LEVANDO? – grito, mas ninguém me responde. O tempo passa sem que eu consiga precisá-lo. Retiram a venda dos meus olhos apenas quando já estamos dentro de um prédio claro e reluzente. Caminhamos um pouco, eles abrem uma porta pesada de correr e de repente estou parada diante de um corredor apático. Dou alguns passos e a porta se fecha atrás de mim.

Há diversos quartos ali, todos sem porta. Cada quarto acomoda oito camas. O lugar é todo branco e não tem janelas. Parece artificial e inóspito demais. Todas as mulheres por ali vestem macacão igualmente branco... Eles não são tão bonitos quanto meu uniforme, mas parecem confortáveis. Ainda estou usando meu uniforme do Projeto Bebê Ideal e o crachá que recebi mais cedo. Uma senhora sorri na minha direção e se aproxima lentamente.

– Venha, menina... – diz, estendendo a mão na minha direção. – Vamos encontrar um quarto para você – seco as lágrimas que nem notei que estavam caindo e aceito o convite da senhora, segurando sua mão enrugada e acompanhando-a pelo enorme corredor.

Ela me acomoda em um quarto que ainda não está cheio. Há nele apenas outras duas mulheres. Uma não parece amigável... Nem um pouco. Ela é branca e tem o cabelo mais escuro que já vi na vida. Seus olhos são verdes e não se voltam na minha direção nem por um instante. Engulo em seco. A segunda mulher, ao contrário, me olha com certa empatia. Acho que ela entende que estou pálida, tonta, confusa, assustada, prestes a vomitar ou...

Tudo fica preto e eu simplesmente apago.

Não sei quanto tempo se passou exatamente. Abro os olhos lentamente, mas a claridade é cruel. Pisco algumas vezes, tentando me recuperar, mas me deparo com um rosto demasiado familiar e, por isso, acho que se trata de um sonho.

– Você consegue me ouvir? – a mulher pergunta e sua voz é acolhedora. Noto certas semelhanças entre nós: o cabelo crespo volumoso, o nariz reto, os olhos castanhos... Ela se vira para a amiga, aquela que estava no meu quarto e parecia gentil e diz: – Por que deixou que ela batesse com a cabeça, Evelyn? Ela pode ter sequelas irreversíveis ou...

– Como eu ia saber que ela ia desmaiar, Tamisha? – ouço o nome parecido com o meu e quero interferir na conversa das duas, perguntar o que está acontecendo, mas tudo está girando ao meu redor e ainda não encontro minha voz. – Quando vi o nome no crachá dela, imaginei que pudesse ser a menina das suas histórias. A sua... Você sabe – pisco, atônita, sem conseguir entender muita coisa daquela conversa. As mulheres percebem meu movimento e direcionam sua atenção a mim.

– Kamisha? – sua voz está embargada e a desconhecida parece prestes a chorar. – Kamisha Condon? – sou completamente pega de surpresa. Como ela poderia saber meu sobrenome? Tudo o que meu crachá diz é "Kamisha".

– Quem é você? – questiono temerosa, e então a mulher derrama a primeira lágrima. Outras estão vindo logo atrás.

– Sou Tamisha... Sua... – ela respira fundo e controla o leve tremor das mãos. – Sua mãe biológica.

Não quero desmaiar de novo, então fecho os olhos e me concentro em fazer o meu mundo parar de girar tão rápido.

Abro os olhos lentamente e vejo Tamisha, que parece aflita e preocupada. Não sei exatamente quanto tempo passei desmaiada, mas espero não ter perdido muita coisa. Minha... Mãe biológica... Abre um sorriso quando constata que estou acordada de vez. Não sei o que se passa na minha cabeça quando ergo meu corpo e a abraço. Ela é pega de surpresa, mas retribui o gesto imediatamente. Tenho tantas perguntas... Eu a bombardeio com as duas primeiras, que mais me intrigam: Por que fui designada para a família Condon e não para uma família de terceira classe? O que você sabe sobre isso? Ela respira fundo antes de prosseguir:

– Eu trabalhava no Projeto Bebê Ideal quando descobri que estava grávida. Eu era a faxineira do local. Pessoas da terceira classe não ocupavam cargos mais altos. Acabei, no entanto, me envolvendo com o Erick. Ele era supervisor-geral do projeto e, como você pode imaginar, da primeira classe. Nosso relacionamento não era aceito. Ainda assim, ele encarou todo o conselho. Nós sabíamos que algo poderia acontecer, então pensamos no principal. O principal, como pode imaginar, era proteger você. Foi assim que, no momento em que você nasceu, Erick usou o seu conhecimento e influência no sistema para te designar para uma família digna. Fomos presos por traição, mas cada segundo aqui valeu a pena, pois eu tinha a certeza de que você estava bem.

– E por que não foram atrás de mim e me tiraram da família Condon?

– Porque eles teriam que explicar as regras que regem o projeto. Era um risco, principalmente considerando a posição influente da Katarin. Era mais fácil fingir que nada havia acontecido.

– Hoje eu designei cinco crianças de terceira classe para famílias nobres da primeira. Não tive tempo de entregar a sexta criança. Você acha que o governo as tomará de seus novos pais?

Ela nega, parecendo confiante:

– Duvido. Eles expõem as regras do Projeto para nós apenas porque não têm outra opção. Eles sabem que tudo isso é desprezível.

Tamisha e eu ignoramos a mulher mal-encarada do meu dormitório e passamos as horas seguintes conversando. Ela me conta sobre meu pai biológico e avós maternos, que, infelizmente, já faleceram. É tudo novo e inesperado... Em determinado momento, lhe agradeço pela maravilhosa família que me deu; por todos os sacrifícios que fez por mim. Não a conheço há muito tempo, mas sinto que essa mulher já ocupa um espaço em meu coração. O jantar é servido e, por isso, imagino que já esteja de noite. Não dá para ter certeza, já que o lugar é desprovido de janelas e iluminação natural. A comida não é das melhores, mas estou faminta e a devoro em poucos minutos. Tamisha me explica que o banho coletivo ocorre na parte da tarde e que provavelmente precisarei ficar com meu uniforme até lá. Estou deitada em minha nova cama (Tamisha felizmente se mudou para a cama de cima) encarando o teto branco, pensativa, quando surge alguém na entrada do nosso quarto: Katarin. Seu semblante é preocupado e quando me vê ela avança desesperada na minha direção. Antes que possa dizer qualquer coisa, sou tomada por seu abraço reconfortante e ela passa a mão pelo meu rosto incontáveis vezes, se certificando de que não estou ferida.

– Você vem comigo – afirma, com uma determinação inédita. – Chega dessa palhaçada – nós duas nos levantamos, mas eu hesito por um segundo. Minha mãe parece confusa. – O que foi, Kamisha?

– Ela... – eu aponto para a mulher que em poucas horas se tornou parte de mim. – Se chama Tamisha e é... Minha mãe... Minha mãe biológica – afirmo, incerta sobre a reação que se seguirá. Katarin dirige o olhar para Tamisha e as duas têm um momento particular. Avaliam-se mutuamente no primeiro instante e abrem um sorriso. – Ela está aqui porque me designou para a família Condon, quando deveria me designar para uma família de terceira classe. Ela está aqui há 17 anos. Será que você não... – antes que eu termine a frase, Katarin se pronuncia.

– Venha conosco, Tamisha. Darei um jeito de tirá-la daqui. Você é mais do que bem-vinda em nossa casa – saímos as três do quarto e caminhamos apressadamente pelo enorme corredor. Não sei o que Katarin faz, mas, felizmente, ela consegue nos tirar de lá.

VII

Estou tomando um chocolate quente na cozinha da minha casa. Kevin está sentado ao meu lado. Papai e mamãe ocupam a cabeceira da mesa. Tamisha está diante de mim. Estamos em absoluto silêncio, aguardando a repercussão do heroico ato de minha mãe, que usou sua influência para nos tirar da prisão e espalhar meu depoimento em vídeo por todo o país. Todo cidadão de Basilika verá o vídeo assim que se conectar à internet. Mesmo que a mídia tradicional seja omissa sobre o assunto, a população ficará sabendo e exigirá uma explicação. Durante anos, acreditamos que o projeto era regido por testes de compatibilidade e não por regras discriminatórias. Se queremos que haja igualdade, algum dia, não podemos deixar que o Projeto Bebê Ideal siga adiante. Pelo menos não regido por suas regras atuais.

Eu tive coragem de gravar o vídeo e expor minha história, e Katarin, graças a Deus, teve coragem de disseminá-lo, mesmo que isso implique na perda de seu cargo. Horas mais tarde, vamos dormir, mas é extremamente difícil pegar no sono com tantas incertezas nos rondando.

Os dias vão passando mais rápido do que poderia imaginar. Nos últimos cinco dias desde que fui solta, o meu vídeo já foi assistido mais de 2 milhões de vezes e os cidadãos têm se mostrado revoltados não apenas nas redes sociais. Protestos por toda Basilika foram organizados em tempo recorde e já estão tomando as ruas exigindo explicações e intervenção.

Desta vez, sinto que estamos unidos em prol de algo maior que nós. O Projeto pode até ter silenciado Kamisha 17 anos atrás, mas não conseguirá silenciar uma nação inteira, que grita exigindo mudanças.

***

Basilika vive os dias mais conturbados da história. Desde que meu vídeo foi divulgado nas redes sociais (e viralizou!), os cidadãos têm ocupado as ruas e o núcleo do Projeto Bebê Ideal. Todos os dias me junto a eles, com cartazes em mãos e minha voz, que nunca pareceu tão poderosa. Vez ou outra Tamisha e Kevin me acompanham, o que acaba sendo ótimo. Euphoria, nossa presidente, garante que toda a revelação sobre o projeto foi uma surpresa para ela, mas ninguém está muito certo quanto a isso. Ela convenientemente alegou exaustão nos últimos dias e deixou seu posto a cargo de seu vice, que vem tentando contornar a revolta da população e dar novos rumos ao Projeto.

***

As pessoas simplesmente não param. Seguimos para o 72º dia de manifestações. O governo parece querer se adequar à nova realidade e atender o que as pessoas pedem. Ou simplesmente quer tranquilizar a população enquanto tenta criar um novo esquema por debaixo dos panos. Não importa mais. Desta vez, as pessoas estão atentas e dispostas a lutar por um mundo mais justo. Respiro aliviada. Pela primeira vez, sinto que estou onde sempre deveria estar.

PERPE-
TUAÇÃO

MILA WANDER

A GRANA ERA MARAVILHOSA. SÓ QUE O TRABALHO ERA COMPLICADO, PARA NÃO DIZER ESTRANHO. EU AINDA NÃO ACREDITO QUE ACEITEI PARTICIPAR DISSO

Primeiro dia do procedimento

Atravesso os corredores brancos da clínica a passos largos, pois sei que estou atrasado para a reunião que vai mudar a minha vida. Eu não quero mais trabalhar na fábrica de enlatados, portanto me candidatei àquela vaga sem qualquer pretensão, meio em dúvida se me adaptaria ao novo emprego. A grana era maravilhosa. Só que o trabalho era complicado, para não dizer estranho. Eu ainda não acredito que aceitei participar disso.

Abro a porta e entro numa sala ampla, com uma mesa de reunião ocupada por meia dúzia de gatos pingados. Conheço cada um daqueles caras, pois recebemos treinamento de toda categoria durante um ano inteiro.

"O mundo precisa de nós", é o que o cientista de cabelo assanhado repete no instante em que me sento na última cadeira disponível. Todo o nosso processo foi conduzido por cientistas. Não ouso sequer pedir desculpas pelo atraso. Eu não contava que o trânsito estivesse turbulento numa tarde de quarta-feira.

– Finalmente, nossa pesquisa será realizada – o cientista continua, sorridente. – Vocês já sabem todos os passos a serem seguidos. Todas as aulas teóricas que vocês tiveram serão postas em prática. Gostaria que se encaminhassem até a Sala de Medicamentos para tomarem mais uma dose dos hormônios necessários para começarmos a experiência. Boa sorte para nós!

Os outros homens aplaudem e eu não fico de fora. Seguimos pelo corredor branco e largo até a conhecida Sala de Medicamentos. Todos os dias, durante o ano que se passou, tomamos doses e mais doses de injeção, além de comprimidos enormes e de gosto estranho. Foi difícil me adaptar aos medicamentos. Senti vertigens, ânsia de vômito, tontura e dores de cabeça insuportáveis. Meus colegas também não ficaram diferentes, mas os estudiosos garantiram que o efeito colateral era normal.

Depois, esperamos na Sala de Descanso para que a medicação fizesse efeito. Enquanto isso, retiro minhas roupas de homem comum e me visto com a calça larga, de tecido fino, e a camisa tão frágil que pode se rasgar a qualquer movimento. Eu estou nervoso pela primeira vez desde que aceitei fazer parte do experimento. Jamais me passou pela cabeça fazer isso. Porém, recebemos todos os treinamentos possíveis e eu sei muito bem como fazer. A natureza se encarregaria do resto.

Sou o último a ser levado para a sala individual, onde mostrarei serviço como um rato de laboratório obediente. Não me queixo, no entanto. O mundo precisa mesmo de nós, do contrário a nossa espécie simplesmente seria extinta. Por um instante, sinto-me importante. É por isso que abro um largo sorriso enquanto uma funcionária da clínica me dá as últimas (e dolorosas) injeções,e liga um bocado de aparelhagem no meu corpo. Fios saem dos meus pulsos, do meu peitoral e do crânio, conectados a uma máquina barulhenta que logo detecta meus batimentos cardíacos.

— Pronto, senhor Goku — a mulher me parece amistosa, o que me tranquiliza. Ela me chama pelo nome fantasia que eu mesmo escolhi para não ser identificado fora do experimento. — Boa sorte. Garantimos que terá certa privacidade durante o processo, portanto, caso haja qualquer problema, aperte o botão verde localizado ao lado da cama. — Aponta para uma espécie de leito hospitalar, localizado bem atrás de mim. Visualizo o tal botão verde e aquiesço.

O quarto é um tanto pequeno, mas o clima está fresco devido ao trabalho árduo do ar-condicionado. Sou deixado sozinho. Não sei onde colocar as mãos e estou ansioso para conhecer a minha primeira parceira no experimento. Não demora muito e a porta se abre novamente, desta vez revelando uma mulher que veste as mesmas roupas finas que eu. Outra funcionária a acompanha e liga os aparelhos nela também. Evito olhá-la, ainda que permaneça curioso, percebendo que ela também me evita. É estranho. Não dá pra acreditar que teremos tanta intimidade dentro de alguns minutos.

— Senhora Jade e senhor Goku, desejamos uma ótima experiência — a funcionária fala animadamente. — Vocês têm quanto tempo necessitarem. Até breve!

O fato de ela ter sugerido que o experimento seria breve me animou, mas também me deixou constrangido. Fui informado muitas vezes de que não estava ali para mostrar desempenho ou me importar com o prazer. Não é questão de sentimento ou emoção, é questão de perpetuação e ciência. A humanidade está ameaçada de extinção e faço parte da primeira leva de homens não atingidos diretamente pelo vírus HWE346.

Ninguém sabe direito como aconteceu. A pancada foi tão forte que a humanidade usou a pouca energia que sobrou para tentar sobreviver, e não para entender de onde ela veio. O vírus se alastrou rapidamente nos últimos anos, matando os homens e deixando as mulheres estéreis. Passamos o último ano sem um único registro de gravidez. Os dados eram preocupantes. Especialistas davam diagnósticos apocalípticos de como a nossa espécie poderia deixar de existir em pouquíssimo tempo. O caos foi estabelecido. Alguns chamavam de apocalipse, outros de providência divina.

Particularmente, não sei direito o que pensar sobre o assunto. Tenho apenas 21 anos e sou virgem. A maioria dos jovens da minha idade é. O sexo deixou de ser feito desde que o vírus se espalhou e os últimos bebês nasceram mortos ou deformados. Não havia vontade ou coragem em fazê-lo. O fato de o vírus ser, também, sexualmente transmissível não ajudou em nada. Além de que, eu, como boa parte dos homens que restaram, era impotente. Até um ano atrás. Hoje, mantenho uma ereção diária e estudada com afinco pelos cientistas. Graças aos medicamentos, faço parte da porcentagem que pode salvar o mundo.

– Muito bem... – a mulher diante de mim encara o nome bordado na roupa especial. – Goku – ela ri um pouco. Seus dentes são perfeitos. Para ser sincero, ela toda é muito bonita. Cabelos longos e escuros, olhos grandes e castanhos, boca rosada e um corpo curvilíneo por baixo da vestimenta. É, sem dúvida, uma mulher interessante. – Acho que, primeiro, devemos tirar nossa roupa. Ou prefere fazer isso vestido?

– Não me informaram nada a respeito – coço a cabeça, tentando me lembrar das aulas teóricas. O olhar confiante da mulher, que se chama Jade, me deixa meio abobalhado. Começo a sentir um calor insuportável, fruto dos medicamentos que tomei.

– Olha, nós vamos fazer isso pelas próximas semanas. Eles dizem que eu estou no auge do meu período fértil e não quero que nada dê errado. Preciso estar grávida até o fim do mês!

Contorço os dedos em um gesto nervoso e prendo os lábios. Era mais fácil quando todos acreditavam que poderíamos produzir bebês em massa através das inseminações artificiais. Elas se provaram ineficazes contra o vírus, além de serem absurdamente caras.

– Tudo bem, vamos tirar a roupa – faço um movimento e me livro da camisa, mas a mulher me interrompe, segurando meu braço com mãos quentes. Ela me provoca um arrepio.

— Não seja bobo, Goku. Não percebe que tem tanta gente querendo estar no nosso lugar? Eu era uma mulher normal antes dessa merda toda acontecer com o mundo. Agora que posso, quero fazer do jeito certo!

Faço uma careta. Ela não pode estar falando sério.

— Jeito... certo? — gaguejo, sentindo o meu rosto esquentar depressa. — Fui treinado para apenas... fazer.

— Com certeza você foi treinado por um homem — Jade cruza os braços na frente de si e encara o meu peitoral exposto. — Teremos que fazer de qualquer jeito, não é? Então, por que não ser prazeroso para nós dois? Não quero que o meu filho seja fruto de um movimento esquisito e sem graça entre dois estranhos.

Eu me limito a encará-la. Todos os papéis que assinei me deixam isento de responsabilidade sobre os filhos e filhas que porventura eu conseguisse procriar. Pelo que sei, as mulheres também não ficavam com a responsabilidade. As crianças seriam protegidas pelo governo e acompanhadas por equipes especializadas para oferecer o maior bem estar possível. A não ser, claro, que uma das partes opte por ficar com a criança. Coisa que ninguém mostrou a intenção de fazer, pelo menos não durante os 12 meses de preparação.

— Acho que quero — respondi logo para não contrariá-la.

— Muito bem. Então, tire a minha roupa e faça do jeito antigo — ela deixa os braços caírem ao redor do corpo.

Penso em dizer que não conheço jeito antigo ou novo, que na verdade não conheço nenhum jeito, ainda que tivesse assistido a muitos vídeos e recebido treinamento por profissionais. Só que fazer é diferente, sem dúvida. Entretanto, não quero parecer um idiota na frente de Jade. Eu me aproximo devagar, até ficar frente a frente a ela. Vejo seus olhos encararem minha boca, depois meu pescoço e descerem mais. Ela toca o meu peitoral com as duas mãos:

— Vamos, me beije — sussurra.

— Beijar? — a careta que faço certamente deixa explícita a minha surpresa. — Mas...

— Ah, Goku, cala a boca! — Jade prende seus braços em volta do meu pescoço e junta nossos lábios sem mais demora. Eu nunca beijei uma garota antes, por isso acho o instante tão louco quanto sensacional. Aos poucos, compreendo que só preciso repetir os movimentos de sua língua.

Durante o processo, tento lembrar-me de tudo que foi ensinado durante todo o período de aulas e preparações com os psicólogos e médicos. Acho tudo bem estranho, para ser sincero. O meu corpo parece não se encaixar direito na Jade. Mesmo assim, considero espetacular sentir cada uma das sensações. Depois de um minuto e meio deitados sobre a cama, eu atinjo o êxtase. Ela me afasta e faz uma careta.

– Já acabou? – Jade pergunta.

– Hum... – dou de ombros. Eu não sei direito o que fazer depois do clímax. Provavelmente não há mais nada. – Acho que sim.

Jade desce da cama e se veste em silêncio.

– Por que você está brava comigo? – pergunto com sinceridade.

Sem falar qualquer palavra, ela aperta o botão verde. Duas funcionárias aparecem no mesmo instante, nos cobrem com toalhas grandes e nos levam para caminhos opostos.

Fico sem saber se fiz alguma coisa errada.

Segundo dia do procedimento

Chego à Sala de Concepção e percebo que Jade já está lá, com a aparelhagem ligada ao seu corpo. A mulher me olha, faz um muxoxo e espera a funcionária partir para se sentar sobre a cama.

– Vamos logo com isso, Goku – retira a camisa fina e a deposita ao seu lado, no colchão.

Eu travo. Fico em dúvida sobre o que fazer. Lógico que Jade está chateada, dá para perceber em sua expressão compenetrada demais. Coço a cabeça e resolvo não contrariá-la. Mas, quando tento me aproximar, ela me empurra de volta:

– Não dá! – Jade parece realmente indignada comigo. – Acho que podemos simplesmente desistir disso!

Odeio o fato de não saber como reagir a nada do que sai da boca daquela mulher. Ela é confusa demais para mim. Ou eu sou confuso demais para ela.

– Desistir? – pergunto debilmente. Não dá para acreditar que Jade quer desistir logo a esta altura do campeonato. Eu estou muito empolgado para continuar e é uma pena que ela não corresponda ao sentimento de ansiedade que me acomete.

– Claro! A humanidade vai acabar de qualquer jeito, não vai? Por que temos que ficar nos martirizando em prol de uma causa perdida?

– Bom... Acho que nós não temos essa opção – deito na cama e fico encarando o teto excessivamente branco. Estou frustrado em todos os sentidos.

– Quem vai nos obrigar? Podem nos trancar nesta sala, mas não mais do que isso.

O teto é, de fato, assustadoramente branco. Fico imaginando que, ao encarar o nada por tempo suficiente, posso desaparecer também.

– Sim... Podemos desistir. – Não posso obrigá-la a fazer nada, seria terrível e eu me sentiria péssimo, portanto acho por bem concordar com ela.

Jade se deita do meu lado e ficamos em silêncio por longos minutos.

– Eu sempre ouvi histórias... – ela começa a falar. – Histórias de pessoas que fazem sexo por diversão. Ao redor do mundo existe gente que tem esse hábito. Os nossos pais se divertiam com isso! Mas eu não consigo entender como eles conseguiam...

– É... – respondo. Sempre sem saber o que dizer.

– Doeu em você também? – Jade pergunta.

– O quê?

– Semana passada, doeu?

– Não. Doeu em você?

– Sim, muito!

Depois de um tempo que julgamos adequado, apertamos o botão verde. Eu que não tomaria qualquer iniciativa, principalmente sabendo que Jade odiou nossa primeira vez no experimento.

– Nos vemos amanhã? – pergunto quando as portas se abrem.

– E temos outra opção?

Terceiro dia do procedimento

Faço um exame completo no terceiro dia. Os médicos e os cientistas conferem todas as taxas do meu corpo, a temperatura, os hormônios e conversam comigo sobre o meu desempenho nos dias anteriores. Minto o máximo que consigo.

Antes de dormir, penso na Jade. Novamente, passamos mais um dia sem sequer encostar um no outro. No entanto, parece que estamos iniciando uma agradável amizade. Ela é bem divertida e tem um sorriso lindo. Nunca consigo formar mais do que duas frases seguidas perto dela, mas tem algo no seu jeito que me deixa curioso.

Quarto dia do procedimento

Entro na Sala de Concepção e espero Jade. Assim que ela aparece, esboço um sorriso que é correspondido prontamente.

– O seu nome é Goku? – ela pergunta assim que a porta se fecha e nós ficamos a sós. – Por favor, diz que não é!

– Não, não. Meu nome é Erick. E o seu? É Jade?

– Juliana – ela solta um suspiro e se joga na cama. – É bom saber que você é um ser humano comum.

– Você tinha dúvidas?

– Ninguém se chama Goku!

– É de um desenho – explico.

Ela se senta e parece interessada em algo que digo pela primeira vez na vida:

– Sério?

– Sim – sento ao lado de Juliana na cama, sem olhá-la diretamente. – O meu avô adorava. Ele apresentou ao meu pai e ao meu irmão. Tem vários arquivos com episódios desse desenho na memória dos computadores de casa. Eu nunca gostei muito, na verdade. É um desenho antigo, muito antigo. Não é 3D, holográfico e nem nada... Mas eles gostavam, sabe? – Ela continua prestando atenção em mim, então continuo falando: – Todos morreram quando o vírus chegou. E o desenho é algo que me traz memórias. É bom se lembrar de alguém...

– Você usa um nome ridículo só para se lembrar deles? – Jade perguntou, fazendo uma careta que considerei linda.

Dou de ombros:

– Sei lá, tudo está tão estranho hoje em dia. Você não sente falta de simplesmente... sei lá... rir com as pessoas?

– Sim! – Juliana se aproxima de mim. – Eu sinto muita falta!

– Bom, então você sabe do que estou falando.

– Todo mundo está com tanto medo, né? – Juliana está ainda mais próxima. – Ninguém nem se encara na rua. Isso é tão estranho.

Nossos ombros se encostam e percebo o quão quente Juliana é.

– Será que tudo isso vai passar? – questiono sem impedir sua aproximação.

– Não sei. Não sei...

Então, nos beijamos. E é um beijo muito diferente do primeiro. Este tem mais vontade. Percebo que Juliana quer tentar de novo quando começa a me despir peça por peça. Fomos muito mais além do que um mero beijo. E sinceramente foi completamente diferente de tudo que já estudei sobre o assunto. Ninguém explica como a outra pessoa olha nos seus olhos, nem explica sobre as cócegas que o cabelo dela faz no seu nariz. Ninguém explica a sensação.

Depois de vários minutos, estávamos deitados lado a lado, arfando e sentindo cada músculo de nosso corpo de tão intenso que foi o nosso experimento.

– Uau... – Juliana diz.

– É... – respondo, sem conseguir respirar direito. – Isso foi... incrível!

Quinto dia do procedimento

Estamos tão animados com a nossa nova descoberta que mal nos cumprimentamos quando nos vimos. Tudo que queríamos era sentir um ao outro...

Sexto dia do procedimento

Estamos abraçados, deitados na cama, conversando sobre a nossa vida passada. Lembramo-nos dos parentes e amigos que morreram e de como os nossos pais viviam. Até que ela faz a pergunta que eu sabia que surgiria em algum momento, mas me negava a pensar sobre:

– Você quer o bebê?

Eu a encaro, meio em dúvida sobre o que responder. Opto por me fazer de desentendido:

– Como assim?

– Se eu conseguir engravidar, temos escolha de criá-lo ou não – Juliana faz uma pausa dramática, deixando um silêncio tenebroso ecoar pelo quarto. – Estou começando a acreditar que devo criá-lo. Sabe, como a minha mãe fez. Claro, se nosso experimento der certo. E você?

Sei que tenho a mesma escolha, mas, novamente, lembro a mim mesmo que nunca pensei a respeito. Meu objetivo sempre foi engravidar quantas mulheres fosse capaz. Mas os olhos grandes de Juliana me faziam mudar de ideia. Ainda que não faça o menor sentido, minha vontade de continuar o experimento com outra parceira é nula. No entanto, a perspectiva de cuidar de um pequeno ser humano me assusta. Nossa geração não está acostumada a lidar com crianças.

– Que tal se a gente pensar nisso depois? Não sabemos se vai funcionar. Essas medicações que tomamos são primárias.

– Você tem razão. Estou me precipitando. É que... Bom... Meu prazo no experimento está quase terminando. Suponho que... que você prosseguirá com outra cobaia – vejo tristeza em seu olhar, e não me sinto nada bem em vê-la dessa forma.

– Posso solicitar uma pausa. No contrato, está detalhado que posso pausar o procedimento se me sentir desconfortável.

Juliana tenta forçar um sorriso, sem sucesso.

– Se não der certo, serei obrigada a trocar de parceiro – fala baixo e me sinto péssimo ao imaginá-la com outro homem. Disperso a cruel sensação antes de me deixar enlouquecer.

– Não vamos pensar nisso agora, está bem? Vamos aproveitar nosso momento hoje e amanhã.

Ela fecha os olhos, como se fosse dormir:

– Acho que já está na hora de apertarmos o botão verde...

Sétimo dia do procedimento

Acordo e sigo todo o protocolo de sempre. Os outros funcionários do experimento nunca olham diretamente para mim. Entro na Sala de Concepção e, enquanto a moça liga a aparelhagem no meu corpo, a porta se abre e duas pessoas entram. Nenhuma delas é Juliana.

Percebo uma mulher desconhecida com as mesmas roupas que eu. Ela me observa e me cumprimenta educadamente. Fico sem entender o que está acontecendo.

– Espera... Espera! – impeço a funcionária que me atendia de ir embora. – Onde está Juliana?

– Quem? – ela parece aérea, fazendo tudo no automático.

Viro o rosto em direção à desconhecida e me sinto ainda mais desesperado.

– Juliana, a minha parceira! Onde ela está?

– Ah, você está falando da Jade? Sua parceira anterior está passando por alguns exames mais detalhados. Ela apresentou certo desconforto pela manhã.

– Mas...

– Até breve, Goku.

A mulher não espera que eu fale mais nada e fecha a porta. Olho ao redor, sentindo-me tonto, e logo percebo que estou sozinho com a nova parceira, que já está deitada na cama.

– E então... Goku, não é? Vamos?

Tudo me parece tão surreal que não consigo sequer respondê-la.

Vou até o botão verde e o aperto. Ninguém entra na sala, como deveria, então continuo apertando o botão insistentemente.

– Ei, o que está fazendo? – a mulher grita atrás de mim, porém não paro para explicar nada a ela.

– Por que ninguém vem nos atender? – grito, enquanto continuo apertando o botão. – Eles sempre aparecem!

Como o botão se mostra inútil, vou até a porta e bato com os meus punhos nela, esperando ser ouvido:

– Tem alguém aí? Eu quero ver a Juliana!

– Para com isso! – a estranha grita. – Você parece um maluco!

– Juliana, você está me ouvindo? – berro o mais alto que posso: – ALGUÉM BUSCA A JULIANA!

Finalmente a porta se abre:

– O que está acontecendo aqui? – a funcionária parece assustada.

– Onde está Juliana? Não aceito participar do procedimento sem a presença dela! – tento disfarçar o meu nervosismo, em vão. – Sei dos meus direitos. Sei que vocês não podem me obrigar a nada. Onde está a Juliana?

Dois homens truculentos atravessam a porta e me cercam, antecipando qualquer ato de violência.

– Calma, senhor – a médica diz de um jeito bastante sério. – É normal você se apegar à sua parceira durante o processo. Está tudo bem.

– Leve-me até ela, por favor!

– Sim, eu vou te levar até a sua parceira. Apenas tente ficar calmo.

Eu a acompanho durante extensos corredores, elevadores e mais corredores. Depois de tanto repetir o meu trajeto entre a Sala de Concepção e o dormitório, perdi a noção do quão grande este lugar é.

Atravessamos a porta com a placa que exibia os dizeres "Sala de Exames Avançados" e encontramos uma dezena de macas, postas lado a lado, com mulheres deitadas em todas elas. Estão todas vestidas da mesma forma, o que dificulta identificar Juliana à primeira vista. Cruzo a sala, encarando cada uma delas, até encontrar quem eu quero. Todos os funcionários estão olhando para mim, mas não me importo.

– Erick! – Juliana se senta na cama e me agarra pelo pescoço assim que nos alcançamos.

– Minha nossa! – suspiro aliviado, considerando o abraço aconchegante e acolhedor. – Fiquei tão preocupado! Você está bem?

– Bom, na verdade...

Eu a encaro, pronto para receber uma notícia ruim. No entanto, antes que Juliana possa explicar o que está acontecendo, um dos médicos se aproxima com a prancheta em mãos. Seu rosto está iluminado.

– O resultado acabou de sair, Jade – ele abre um largo sorriso. – Tudo indica que houve a fecundação. Agora é ficar em repouso e tomar todos os medicamentos para termos certeza de que este bebê irá nascer saudável.

– Ah, meu Deus! – Juliana grita e me abraça. Estou tão admirado que simplesmente não sei o que sentir. Meus olhos se enchem de lágrimas sem que eu faça esforço ou entenda o porquê de tanta emoção. – Eu estou grávida! Tem uma sementinha dentro de mim! A gente conseguiu, Erick! Vamos salvar o mundo!

Seguro as mãos dela com força e a encaro. Lágrimas saem de seus olhos, e vê-la assim me faz chorar junto. Não consigo conter a forte sensação que me invade. Eu preciso dessa mulher que está na minha frente. Preciso do fruto que ela carrega e que ajudei a plantar.

– Nós vamos ter este bebê, Juliana.

Dois anos depois

Espero pacientemente em uma das salas da clínica. Eu me sinto positivo quanto ao resultado. As pesquisas evoluíram muito em dois anos. As primeiras crianças começaram a nascer em toda parte e a quantidade de clínicas espalhadas pelo mundo se ampliou. Algumas medicações já estão sendo implantadas no sistema de saúde mundial, bem como as doses de vacinas estudadas pelos cientistas.

O mundo mudou e, certamente, continuará mudando. Nós nos adaptamos a uma nova realidade. Todos os noticiários parecem mais otimistas do que nunca.

É o mais puro e genuíno amor o que sinto ao brincar com meu filho enquanto espero Juliana concluir os exames. A gravidez foi meio louca, pois foi baseada no medo e na preocupação, mas nosso querido Goku nasceu saudável e já balbuciava as primeiras palavras.

– Papai... – murmurei para ele. Seus olhos grandes, como os da Juliana, estão apontados para mim. – Vamos, meu filho, fala... Pa-pai. Paaaaapaaaai.

– Pa... iii... – ele balbucia e eu solto uma risada.

– Isso! Chegou perto!

Uma funcionária aparece na sala e eu me levanto com Goku em meus braços.

– E então?

– Acredito que a sua esposa vai querer dizer pessoalmente! – a mulher sorri e, no fundo, eu já sei que deu tudo certo.

Juliana aparece logo em seguida, e corre para nos dar um abraço. Depois que sua gravidez foi confirmada, naturalmente, escolhi cuidar dela e do nosso filho, portanto dei adeus ao experimento. Nós nos casamos na primavera daquele mesmo ano.

– Positivo! Vamos ter outro bebê!

– Ah, eu sabia! – berro e Goku se assusta um pouco. – Desculpa, filho... – eu me considero o pai mais babão do mundo.

– Você vai ter um irmão, Gokuzinho... – Juliana dá um cheiro barulhento na bochecha dele. – Ou uma irmãzinha!

– A gente podia chamar nossa filha de Bulma.

Ela me olha feio.

– Nem pensar, Erick! Não vamos transformar nossa casa em um episódio de desenho antigo, pelo amor de Deus!

Nós soltamos uma gargalhada.

O fato de Juliana ser a primeira mãe depois da tragédia nos fez ganhar um tratamento privilegiado. Continuamos recebendo visitas regulares de médicos que tiram o nosso sangue, medem a nossa pressão e fazem 1 milhão de perguntas. Mas, na maior parte do tempo, apenas cuidamos do nosso filho. Eu me sinto um verdadeiro Adão apaixonado pela minha Eva.

FRAG – MENTOS

CHRIS SALLES

“ESTAVA EM SYDNEY QUANDO O TRABALHO DE PARTO COMEÇOU. SE NÃO FOSSE PELA PORTARE, MINHA MULHER TERIA DADO À LUZ NOSSO PRIMEIRO FILHO SEM A MINHA PRESENÇA!”

I

À minha frente, o vestido branco da noiva é engolido pelas sombras conforme avança beco adentro. Não há placas indicando o caminho, apenas uma passagem estreita e úmida onde o som dos nossos passos impera. Usando o seu smoking brilhante, o noivo olha para mim analisando se sou uma ameaça. Preocupação justificada. O fato de milhares de pessoas usarem o serviço ao redor do mundo não atenua sua condição ilegal.

Depois de alguns passos, o casal para diante de uma porta coberta por uma resina vermelha brilhante cujo puxador é um "P" em metal cromado. Ao lado da porta, encontramos uma tela de vidro leitoso com a silhueta de uma mão desenhada. A noiva coloca a sua própria sobre o desenho e espera. A porta destranca e nós entramos.

Estamos numa sala gigante, onde todos os nossos movimentos são acompanhados por câmeras esféricas flutuando sobre nossas cabeças. Ouvimos vozes de diferentes timbres se misturando num burburinho enquanto os alto-falantes se impõem projetando mensagens com a voz sintética.

Do outro lado da sala, um telão exibia a lista que procurávamos. Acompanho os noivos até ele e busco o meu nome. Alguns dos itens da lista eram praticamente impronunciáveis, mas encontrei o meu:

Cliente: Mona Faride. Destino: Califórnia – USA
Procedimento: em 15 minutos. Câmara: 3

Perfeito. Sento-me ao lado de um homem de terno de aparência muito séria e espero meu momento enquanto assisto à propaganda interna em outra tela. Bufo, desaprovando a peça publicitária. Quando se tem o meu trabalho e a minha personalidade perfeccionista, acompanhar o que seus companheiros de profissão estão fazendo ou refazer slogans com menos palavras que o original acaba se tornando uma obsessão.

A propaganda (fraca) exibe o depoimento de um homem careca sob fundo branco.

"Estava em Sydney quando o trabalho de parto começou. Se não fosse pela Portare, minha mulher teria dado à luz nosso primeiro filho sem a minha presença!"

A segunda a aparecer na tela é uma mulher. O padrão da filmagem é o mesmo.

"Meu voo havia sido cancelado e eu precisava chegar a tempo para uma reunião importante. Mesmo sendo realocada em outro, optei pela *Portare* e devo minha vida a ela. O avião em que eu deveria estar CAIU minutos depois da decolagem!"

Acomodando-se no assento à minha frente, a noiva também se engaja em um exercício de imaginação, imitando o comercial:

– Sem a empresa, eu nunca poderia casar sob a bênção de Deus e das luzes raras da Aurora Boreal. É algo divino! – diz ostentando um sorriso triunfante.

O noivo abre o botão do smoking e senta ao seu lado sem a mesma animação:

– Querida, você sabe que tecnicamente nós não...

– Não é o que a filmagem, as fotos e metade dos meus seguidores vão dizer! – ela o interrompe rolando os olhos. Em seguida, saca o smartphone debaixo da estola de pele que recai sobre seus ombros e se aninha ao lado do futuro esposo para uma foto.

Desloco minha atenção deles para os outros depoimentos da propaganda e fico me imaginando naquela tela. Sem dúvida, uma banal entrevista de emprego em outro hemisfério não causaria comoção o suficiente. Talvez minha experiência anterior fosse mais promocional. Pelo menos, é algo com que todos podem se identificar e ainda geraria um slogan curto, impactante e melodramático o suficiente para arrancar algumas lágrimas.

Até as minhas. A lembrança do que aconteceu na minha última viagem me atinge como um golpe no peito e me seguro para não chorar na frente de todos aqueles estranhos. Pigarreio, tentando engolir as lembranças e seco as poucas lágrimas que escaparam a tempo de ouvir o meu nome completo ser chamado nos alto-falantes.

Sou acompanhada até uma sala pouco iluminada onde os pelos de meu corpo imediatamente clamam por um casaco, O holograma de um funcionário me saúda.

Sigo instruções, deitando na maca e colocando os protetores de ouvido para só depois alojar minha cabeça entre dois dispositivos metálicos, quadrados e finos. Feixes de eletrodos saem serpenteando até chegar à minha testa. Suas ventosas grudam em mim como sanguessugas enquanto um par de algemas de ferro se fecha ao redor dos meus pulsos e meus músculos se enrijecem em resposta.

Alguém pergunta se estou pronta e eu minto. As luzes se apagam. Um ruído alto começa a ressoar pelo ambiente e, mesmo com os fones, sinto a pressão sobre os tímpanos. Dois aros finos de tamanhos diferentes parecidos com lâminas de aço iniciam seu trajeto sob meu corpo como o de uma assistente num show de mágica. Ao se cruzarem sob minha barriga, golpeiam feixes de luzes fluorescentes azuis sob cada parte do meu corpo.

A regra é que não me mexa para não causar nenhum resultado indesejado no procedimento e lido bem com ela até os aros começarem a irradiar calor. Uma nuvem de vapor engloba a maca tornando o ar ao redor denso e úmido. As gotas de suor que brotam em minha testa agora evaporam antes mesmo de poderem escorrer pela lateral do meu rosto. Respiro fundo tentando manter o controle, dizendo a mim mesma que tudo faz parte do procedimento... Até o fato de cada célula de meu corpo parecer queimar como se tivesse recebido uma injeção de ácido. O estômago também protesta lançando jatos amargos por minha garganta que só não encontram o exterior por muito esforço e autocontrole.

Percebendo minha agitação, o funcionário digital inicia uma conversa amena tentando me distrair, mas é inútil. Tudo o que consigo sentir é o cérebro pulsando dentro do crânio, meus olhos inflando dentro das órbitas e uma energia incômoda crepitando por todo o lugar. É demais. Não me lembrava de nada disso. Chega! Pare! Pare!

Debato-me tentando me soltar antes que meu corpo exploda ou meus órgãos derretam quando um odor adocicado se espalha pela sala. Poucos segundos de exposição a ele e minhas forças se vão. Em um último esforço, tento manter minhas pálpebras abertas até que tudo parece pesado, lento e cada vez mais escuro.

Acordo assustada sentindo cada parte do meu corpo formigar. O calor havia ido embora, assim como o funcionário que me atendeu, deixando apenas uma sensação viscosa na pele e uma mulher de branco parada ao lado da maca.

– Como se sente? – ela pergunta tomando meu pulso agora liberto das algemas. Sua pele escura contrasta com as veias verdes e saltadas que minha mão agora exibe.

– Como se tivesse dado um passeio em uma garrafa de coquetel molotov...

Um sorriso leve se forma em seus lábios.

– Essa é nova. Geralmente ouço coisas como "um dia no inferno" ou "tão bem como ter dormido numa cadeira elétrica".

Balanço a cabeça ainda sentindo-a girar um pouco. Quando desço da maca, vejo meu corpo ser refletido pelo chão brilhante de mármore polido e pergunto à funcionária pelas horas. A resposta é tão desnorteante quanto a sensação que ainda toma meu corpo.

– Nove da noite? Não deveria ser 4 da tarde aqui? São cinco horas de diferença no fuso.

O olhar da mulher se estreita. Seu rosto deixa claro que há algo errado.

– Eu não estou na Califórnia? – meu coração dispara.

Em resposta ela saca uma minúscula lanterna do jaleco e lança o facho de luz sobre meus olhos.

– Não se preocupe. Os casos de falha de memória não são raros depois do procedimento. Em algumas horas, você já estará melhor.

A explicação, ainda assim, não me parece suficiente.

– Eu paguei para ser mandada para outro hemisfério – rosno baixando a lanterna com um tapa.

A mulher suspira.

– E você está. Ou, pelo menos, a sua *outra* está.

– O quê?

Ela devolve a lanterna ao bolso e retira um aparelho pequeno de aço escovado de onde acessa algum tipo de informação ao dar toques rápidos na tela.

– Segundo a filial da *Portare* no condado de Santa Clara, sua cópia teve êxito e acabou de sair rumo ao destino.

Agitada, me apoio na maca tentando racionalizar.

– Você está dizendo que... – antes que termine, minha cabeça começa a doer novamente e eu gemo.

– Não se preocupe. Você pode baixar o aplicativo de GPS para localizá-la. É bem intuitivo. Apenas um toque seu e nossa parceira, a *Aklon*, se encarregará de eliminar o resíduo assim que ele cumprir sua tarefa no local. Está tudo explicado no contrato digital se quiser ler, mas acredito que até amanhã sua memória já deverá estar restabelecida.

Repasso uma a uma as palavras da mulher e mesmo assim elas fazem tanto sentido quanto qualquer outra língua desconhecida.

– Eu não... não paguei por isso. – Sinto a respiração se tornar irregular mais uma vez.

A funcionária me encara por um tempo e então pede para que eu espere ali e sai da sala. Quem retorna, no entanto, é outra pessoa, desta vez um homem calvo trajando terno e gravata escuros.

– Senhorita Faride, poderia, por favor, me acompanhar até minha sala para discutirmos com mais calma sobre o procedimento?

Seu sorriso é tão artificial quanto as luzes pálidas que brilham no teto.

– Vocês me enganaram – sussurro.

– Por favor, senhorita – ele insiste abrindo a porta da câmara e apontando para a saída.

– Não! Eu seria TELETRANSPORTADA!

– Eu lhe asseguro que fizemos tudo o que foi descrito no contrato. Você se lembra de tê-lo assinado, não?

A imagem me vem à mente. Sim, eu havia assinado algo, mas as cláusulas parecem nebulosas, as palavras borradas na tela onde figura minha assinatura digital. É inútil vasculhar minha memória. Ao tentar acessá-las, as lacunas viram um nevoeiro onde as palavras se desfazem em espirais de fumaça.

– Vou processar vocês!!! – aponto o dedo na direção do funcionário. Estou furiosa.

Ele encara meu pulso e faz um gesto com a cabeça. O lampejo do reconhecimento de algo brilhando em seus olhos.

– Não. Não irá. Vá para casa e descanse – e se retira. Sei o que isso quer dizer. Assim como todas as pessoas ali, eu aceitei os termos. De alguma forma sei que aceitei. E isso me torna tão parte disso quanto eles.

II

Deslizo meu corpo por entre as ruas banhadas pela luz amarelada dos postes. Nessa região, o fluxo de carros nunca cessa e meus pensamentos se desdobram na mesma velocidade. Furiosos, caóticos, ávidos por chegar a algum lugar.

A quilômetros daqui, um outro "eu" respira. O "eu" que talvez esteja fazendo minha vida seguir por um caminho sempre desejado, mas nunca pavimentado pela coragem a ponto de se tornar realidade.

E esse outro eu, esse amontoado de células, conexões cerebrais, sentimentos, lembranças e cicatrizes... Um gesto e sua vida valerá tanto quanto a de um mosquito. Mas quem é o parasita? Quando decidi aceitar isso? Por que não me lembro?

No elevador do prédio, encaro o espelho. Pareço extremamente cansada. Por um momento a falha na memória é um alívio. Retiro as chaves do bolso relembrando todo o estardalhaço em volta do lançamento da *Portare* e as ondas de protestos que se seguiram. Menos de um mês e todos os países decretaram o fechamento de suas portas jogando-a nas sombras. Mas a humanidade consegue passar pelas mínimas frestas, ainda mais quando essas forem lubrificadas pelo dinheiro. Já a consciência só é importante na presença dos olhos.

A luz do corredor se acende quando caminho. Meu apartamento parece iluminado demais. Não me lembro de ter deixado o abajur da sala aceso. Ouço sussurros no quarto. Elias tem a chave, deve ter chegado antes de mim. Não contei a ele o que fui fazer, tinha acabado de voltar do interior. Sim, disso me lembro. A vontade veio rápido demais e a *Portare* ficava a apenas algumas quadras. O slogan *"A onipresença ao seu alcance"* assumindo mais uma vez ares proféticos em minha cabeça.

A voz feminina me faz diminuir o passo. Há risos. Chego à porta entreaberta a ponto de vê-lo de pé sorrindo sem camisa e ela se ajoelhar. Seus cabelos negros caindo em cascatas pelas costas, os ombros largos como os de um homem. *Anos demais de natação* é o que sempre diz mesmo quando sua família afirmava que isso a tornava tão única quanto seu nome... Cubro a boca em choque. Minha mão movimentando-se em espasmos involuntários. O maior de todos, no entanto, acontece nas pernas. E ele me leva a galope até a sala onde agarro o abajur, tomada por uma energia nervosa. De volta ao quarto não me contenho pela porta.

Ela está pegando a mão de Elias sob as luzes tremulantes das velas perfumadas. Algo que sempre planejei. O rosto dele se horroriza ao me notar e seus olhos se deslocam para o abajur com o qual em poucos segundos golpeio a lateral da cascata de cabelos. O corpo cai no chão e Elias olha dela para mim perplexo. Ao contrário do que penso, não experimento a dor da pancada na cabeça ou qualquer eco do que a outra possa estar sentindo agora.

– Eu sei o quanto isso parece estranho... – começo.

– O quê? – ele interrompe, precisando se sentar na cama. Tremendo ainda mais do que eu. – Acabar de saber, por telefone, que você passou no teste para uma empresa do outro lado do planeta e te ver aqui de volta em menos de uma hora golpeando a você mesma? Isso é MUITO estranho!

Fico devendo a explicação sensata porque ainda estou tentando entender de onde essa outra cópia poderia ter saído. Talvez a que estivesse na Califórnia tenha tido a ideia de viajar de volta pela mesma empresa. O que também significa que talvez a essa hora minha conta bancária esteja arruinada.

– Mona? – Elias insiste se erguendo da cama. – Mona, por favor, me explica qualquer coisa...

– *Portare* – disparo a informação central que envolve tudo aquilo.

Ele coloca as mãos na cintura, solta o ar pesadamente e me lança um olhar sombrio. Certas verdades são difíceis de engolir, mas inevitáveis. Ao se ajoelhar ao lado da cópia, verifica sua pulsação e diz que está respirando.

Largo o abajur no chão e me abandono na cama encarando o teto.

– Quando a outra falou com você... mencionou que iria utilizar o mesmo sistema para voltar?

– Não. Disse que tinha acabado de comprar uma passagem de avião.

– Só isso?

– Sim – Elias arqueja ao pegar a cópia no colo. Pulo da cama antes que ele a coloque ao meu lado. – E... também que vai direto para o trabalho pedir demissão. Não sem antes dar ao seu chefe o que ele merece.

– Foram essas as palavras que usei? Digo... ela?

– Exatas. Por quê? – pergunta enquanto retira o cabelo do rosto da duplicata e a acomoda melhor sob o colchão. Seu olhar agora parece curioso e levemente fascinado.

Fito os dois por um segundo, repassando quadro a quadro a cena que presenciei ao chegar. Se a minha cópia usou a *Portare*, então existe uma terceira de mim por aí. E, se ambas as cópias estão tomando decisões que eu nunca faria, significa que um potencial vandalismo ao carro de meu chefe acontecerá em algumas horas. Ou algo pior. Eu odeio o meu patrão.

– Preciso de você... – digo para Elias.

– Estou aqui – ele diz vindo ao meu encontro.

– Não. Preciso de você, cordas, remédios, e a melhor desculpa para que possa me... trazer do aeroporto para cá.

Ele balança a cabeça.

– E depois?

Encaro meu rosto desacordado sobre a cama. A cicatriz que falha minha sobrancelha de quando caí nas pedras perto de minha antiga casa de praia brilha sob a luz que vem de fora. O aplicativo sendo um fim sedutor e rápido para toda aquela confusão.

– Ainda não decidi.

III

Não dormi durante a noite inteira. Pela janela observo a movimentação da cidade crescer à medida que amanhece. Na cama, a outra "eu" continua adormecida, efeito do sedativo aplicado por Elias alguns minutos após ela ter voltado à consciência. Um pouco confusa, é verdade, mas ao menos sem qualquer dano cerebral aparente.

Desde ontem mantenho uma distância de pelo menos 1 metro entre nós. De alguma forma, temo chegar perto dela. Acabar fazendo o Universo se dar conta do erro matemático e pôr fim ao problema eliminando o fator errado.

Mas será que há algum certo?

Evito o celular dentro da bolsa como um alcoólatra em recuperação evita um copo de bebida. Apenas um toque na tela do celular e a tecnologia se coloca como um atalho sedutor para o fim do problema. O caminho mais curto que talvez me afaste de vez de uma consciência tranquila.

Sob meus olhos inquietos o carro de Elias estaciona quase em frente ao prédio vizinho. A outra emerge do banco do carona apresentando um sorriso cansado. Ainda usamos a mesma roupa: blusa social escura para evitar manchas desagradáveis de suor durante a entrevista e uma calça comprada para a formatura alguns meses atrás.

Eles entram no prédio e me preparo para tudo o que virá a seguir. Em poucos minutos os dois estão no apartamento. Atrás da porta, me posiciono para ouvir a conversa. A duplicata está ansiosa em desvendar o motivo que fez Elias trazê-la do aeroporto quase como em um sequestro.

Ouço beijos que me envenenam de ciúme, o tilintar de vidro e depois um estouro. Ela grita. Espero até que tudo passe e só então, com o silêncio anunciando o final de tudo, volto para a sala.

A duplicata agora está no sofá. Elias tira a taça da mão dela antes que caia completamente no chão e a coloca ao lado da sua e da garrafa de champanhe na mesinha de centro.

– Vai dormir por um bom tempo – ele afirma, exausto. – Parece realmente feliz com o emprego.

Evito o assunto, pois ele significa que em algum momento uma parte de mim também havia pensado na possibilidade de deixá-lo para trás. E não há momento para uma discussão desse tipo agora.

Ele olha de volta para a cópia sedada no sofá.

– Quando eu era pequeno, queria ter um irmão gêmeo. Parecia divertido na TV. Trocar de vida, confundir as pessoas... – ele esboça um leve sorriso.

Depois sua testa se enruga ao notar uma pequena cicatriz redonda abaixo do pulso da cópia.

– Não me lembrava disso.

Eu sei de qual cicatriz ele fala.

– É o que se ganha por ter sido uma criança agitada e irritar sua cachorra durante horas.

O sorriso de Elias cresce.

– A Simone? – ele aponta para a foto do poodle na parede.

– Não. Uma antes dela. Cem por cento vira-lata. Nós a chamávamos de Bolota.

Para minha mãe, era "demônio de quatro patas". Mas não perdoava nenhuma ofensa dos vizinhos à cachorra.

A lembrança acaba funcionando como um gatilho para que outras memórias dolorosas surjam. Não as impeço. Pelo menos não desta vez. De alguma forma elas confirmam quem sou.

– E então veio o problema no estômago e minha mãe só tinha duas opções. Um dia ela voltou sozinha do veterinário. Eu sabia o que tinha acontecido. Aos 7 anos você já entende um pouco das coisas. E me lembro de ter perguntado por que ela tinha permitido algo daquele tipo. Minha mãe me deu várias explicações típicas para a idade envolvendo anjinhos e estrelinhas-guia e, quando eu parecia irredutível, apenas me respondeu que aquilo era ser adulto. Então naquela noite, e pelo menos nas três seguintes, eu desejei ter outra Mona que pudesse crescer por mim.

– Bom, agora você tem duas.

Elias balança a cabeça. O silêncio só vai embora quando ele pega uma das taças no centro da mesa e a estende para mim. Eu recuso.

– Apenas para relaxar um pouco, vai?

– Você acabou de oferecer o copo errado.

– Claro que não. É o outro.

– Tenho certeza de que é esse – afasto a taça.

– É a privação de sono. Normal você se confundir – ele insiste.

– O que você está tentando fazer? – pergunto, afinal.

Seu olhar se desvia para o chão junto com a mão que segura a taça.

– Elias? – o chamo me levantando da mesinha de centro.

Pé ante pé começo a me afastar, lentamente. A atmosfera silenciosa e carregada grita algo que não consigo decifrar.

Sem qualquer explicação, Elias salta sobre mim. Tenta me agarrar. Corro na direção da porta, com o coração acelerado. Na metade do caminho, recebo uma investida nas pernas que me derruba no chão frio. Forço minhas mãos pelo piso tentando ganhar mais alguns metros, mas com as pernas presas pelos braços de Elias golpeá-lo é a única saída. Ao acaso acabo acertando um chute fraco em sua barriga. Outro resvala na orelha. Não parece ser suficiente e ele se lança sobre mim com força renovada ou talvez não a tivesse utilizado completamente no começo.

– Por favor, fique quieta. Não quero te machucar – grunhe. Não reconheço sua voz. Dos vários timbres diferentes que usa tanto para falar comigo quanto com o porteiro esse parece novo. Vindo de alguma profundeza ainda não explorada.

– Por que você está fazendo isso? Me solta – me debato.

Sou virada de repente e Elias senta sobre meu quadril ao mesmo tempo prendendo meus pulsos no chão em cada lado da minha cabeça. O peso de seus mais de 80 quilos fazendo uma pressão insuportável sobre minha bacia.

Em meio a tudo aquilo, ouço passos atrás da porta do apartamento. Os gritos que rasgam meus pulmões num pedido de socorro se dissolvem quando há um ruído na fechadura. A maçaneta ganha vida e, de cabeça para baixo, num ângulo que torna tudo ainda mais irreal e nauseante, a vejo entrar frenética pela porta.

Com olhos e boca arregalados acompanho sua corrida até o outro cômodo sob alguma fala de Elias. O impacto da novidade faz a força desistir de habitar meu corpo. Em poucos instantes a jovem volta do quarto com a mesma fúria com que entrou, desta vez trazendo uma seringa consigo.

Há uma discussão entre Elias e ela sobre quem irá fazer a aplicação e, ao invés de me rebelar, tudo o que faço é encarar perplexa o rosto que todas as manhãs vejo no espelho. A dor causada pela seringa ao entrar em minha pele apenas reforça que não é uma ilusão. Quando tento me soltar, já é tarde demais. A dormência se mistura à exaustão. Meus músculos abandonam a luta contra a minha vontade.

A cena se desenrola diante de mim de forma lenta e distante. Com os olhos turvos, tento identificar o que minha cópia tem agora nas mãos. É algo fino e prateado, um bisturi ou uma faca talvez. Meu corpo formiga, mole como o de uma água-viva flutuando no oceano.

–Vamos esperar ela dormir – ouço Elias dizer num sussurro quase inaudível.

Não há mais gritos, raiva ou agonia. Cansadas de desafiar a gravidade, minhas pálpebras se fecham.

IV

O mundo volta ao foco pouco a pouco. Ah, sim. Ali estão as paredes azuis, a cadeira de bambu, o cheiro pesado de maresia trazendo todas as ondas consigo. Em poucos segundos a realidade entra em um choque violento com meu corpo acordando todas as partes sonolentas. As mãos estão livres, pelo menos. Ao meu lado, no sofá, vejo outras duas idênticas a mim embaladas num sono artificial.

Com surpresa sinto a pele entre o ombro esquerdo e o cotovelo reclamar atenção. A encaro por alguns segundos atônita. Ali, na superfície, a ardência divide o lugar com uma película transparente que protege uma tatuagem de lua crescente monocromática acompanhada do número três em algarismo romano. O primeiro desenho sempre foi um desejo meu, para o segundo, não encontro explicação.

–Vai sarar logo – diz a voz atrás de mim. – Pelo menos foi o que o tatuador amigo do Elias disse.

Devagar, ela aparece em meu campo de visão e se coloca à minha frente. Seu ombro também ostenta um desenho, no seu caso uma lua cheia. Um círculo perfeito.

–Você também é... – começo a dizer, mas a frase fraca morre antes mesmo de sair de minha boca.

– Desculpe por tudo – ela então aponta para as outras. – Saiu um pouco de controle.

– O que isso quer dizer?

Ela cruza os braços.

–Você se lembra do telefonema alguns dias atrás? Aquele no meio da noite...

Revisito a memória em meio ao nevoeiro e encontro a lembrança. O desespero das palavras da minha tia encontrando meus piores temores. Toda família tem um membro mais dramático e pela situação acabei me esquecendo de que na nossa é justamente ela. "Sua mãe está partindo, Mona. Não deve aguentar muito tempo. Venha." Balanço a cabeça. O rosto do meu outro "eu" de pé a apenas alguns metros de mim assume a máscara da culpa.

– Nunca me imaginei recorrendo ao procedimento. A propaganda não me seduzia. Eu abominava quem usava o serviço. Para mim eram da pior espécie. Mulheres fúteis que casavam por interesse e enviavam a cópia para viver com os maridos ou homens preguiçosos que preferiam pagar um preço ridiculamente alto para não ter que estar frente a frente numa audiência com a ex-esposa. Volte a ser uma criança indulgente e mimada. Evite. Finja. Viva sem problemas. Viva uma mentira. Esse deveria ser o slogan da *Portare*.

– Por que não me lembro de nada disso? – pergunto confusa. Percebo que meu pulso esquerdo ostenta uma bandagem pequena. O corte não deve ser profundo, pelo menos a sensação que aflora sobre a pele não é mais do que um leve incômodo.

– Faz parte – o outro eu diz. – Durante o procedimento, eles reproduzem apenas as memórias desejadas pela pessoa original. Fica mais fácil quando a cópia não sabe qual será seu destino.

– Cópia... – ergo a cabeça repetindo-a como se fosse uma palavra estrangeira e precisasse decorá-la.

Mona me encara.

– Não queria ver minha mãe naquele estado. Sempre fui a mais sensível da família. Você sabe. Então mandei uma de mim – diz apontando para uma das cópias no sofá. A que exibe o número dois tatuado ao lado da lua nova. – Foi a partir dela que você se originou e, depois disso, tudo se transformou nessa bagunça. Durante alguns dias fiquei nessa casa pensando o que deveria fazer com vocês. O sensor implantado nos seus pulsos me dizia cada um de seus passos. Por várias vezes pensei em tocar o ícone e permitir que a *Aklon* terminasse o trabalho.

– E por que não fez? – ouso perguntar.

Meu outro "eu" emudece. Começando a caminhar pela sala, ela se detém diante de uma estante de vime. Sua atenção parece presa na quantidade de porta-retratos que o móvel ostenta. De onde estou posso ver apenas alguns, mas nem preciso. Sei de cor o que exibem. São fotos minhas. Cada fase, da infância rechonchuda à adolescência com sua série de cabelos de tamanhos e cores diferentes.

– Eu poderia dizer porque sou humana ou usei a razão... – ela revela afinal mexendo exatamente naquele porta-retrato. – Mas soaria ingênuo. Você viu a sala de espera lotada da *Portare*.

Concordo em silêncio com a cabeça. A dúvida, porém, ainda persiste.

– E o que vai acontecer agora?

Ela puxa um molho de chaves do bolso e joga em minha direção.

– Depende apenas de você.

Em meu colo o pingente barato que o adorna, um timão de oito pontas escolhido por minha mãe na feirinha local há alguns anos, hoje está oxidado pela maresia.

– Neste país, você não será um problema. Faça o que quiser.

Com um tímido aceno Mona se despede e em seguida sai pela porta de volta ao seu mundo. Ao olhar pela janela, lá no alto, influenciando quase anônima a maré, descubro a lua em forma de foice brilhando tímida contra o céu azulado. E nesse exato instante percebo que o meu mundo também acaba de começar.

BIO —
GRAFIA

Clara Savelli

Clara Savelli é carioca, nascida em 1991 e adora contar histórias. Foi vencedora do Prêmio Paulo Britto de Literatura 2011 (Prosa) e menção Honrosa no Concurso Internacional de Contos Vicente Cardoso 2012. Venceu o prêmio Wattys de 2015 e 2016, da plataforma Wattpad, em que já tem mais de 2 milhões de leituras. Autora de *Mocassins e All Stars, Acampamento de inverno para músicos (nem tão) Talentosos, Tiete!, Chinelo e Salto Alto* e diversos contos.

Chris Salles

Chris Salles nasceu no Rio de Janeiro e cursou letras inglês na UFF. Começou a escrever ainda pequena e em 2013 encontrou a plataforma Wattpad, na qual decidiu postar suas histórias. Agora acumula milhões de visualizações nelas e recentemente ganhou dois prêmios do site, o que a fez conseguir um contrato de publicação com a Editora Planeta. Além de embaixatriz do Wattpad no Brasil, também é professora de inglês.

Lilian Carmine

Lilian Carmine é autora da trilogia: *The Lost Boys*, *The Lost Girl* e *Lost and Found*, série de romance paranormal publicada pela editora inglesa Random House, traduzida e lançada no Brasil pela Editora LeYa. *The Lost Boys* foi originalmente publicado em inglês no Wattpad em 2010 e teve mais de 34 milhões de acessos na plataforma. A trilogia foi publicada na Inglaterra, USA, Austrália, África do Sul, Canadá e traduzida para a Itália, Turquia, Brasil e Portugal.

Mila Wander

Mila Wander é recifense. Começou a escrever por hobby e empolgou-se após a publicação de seu primeiro livro, Meu Conselheiro de Luz. Em 2014, seu romance erótico, *O Safado do 105*, lançado pela Editora Planeta, conquistou mais de 4 milhões de leituras no Wattpad em dois meses. Suas outras obras são: *Dominados*, *Diário de uma Cúmplice*, *Eu Nunca*, *The Sex Game Brasil* e a famosa trilogia *Despedida de Solteira*, que é um dos maiores best-sellers da Amazon.

Thati Machado

Thati Machado publicou seu primeiro livro, *Ponte de Cristal,* aos 24 anos. É autora de outras histórias, como *Poder Extra G, Com Outros Olhos, Doze por Doze* e outros. Possui mais de 1,8 milhão de leituras no Wattpad, além de quase 60 mil seguidores. É vencedora do prêmio Eu Leio Brasil e Wattys e frequentemente figura na lista dos mais vendidos da Amazon. Foi tema do G1 em âmbito nacional e participou de programas como *Sem Censura* (TV Brasil).

Aimee Oliveira

Aimée significa "amada" em francês. Adepta do movimento Rio-Niterói-São Gonçalo de locomoção. É formada em moda sem ser fashion e estuda roteiro para cinema sem previsão de se formar. Aprecia café, reprises e romances. Tenta escrever as abobrinhas que aparecem na sua cabeça antes de esquecê-las. Também é autora do livro *Pela Janela Indiscreta* e vencedora do prêmio Wattys 2015 com *Invisível,* seu segundo romance postado no Wattpad.

Juliana Parrini

Carioca e mãe coruja. O romance *Depois do que Aconteceu*, sua estreia no mundo literário, emplacou o primeiro lugar da revista *VEJA* como livro digital mais vendido do Brasil, assim como seus outros da mesma série publicados pela editora Companhia das Letras. Recentemente, teve os direitos de dois dos seus livros adquiridos para o cinema. Juliana é casada e mora com o marido e os dois filhos em Monte Belo Sul, na Serra Gaúcha.

Rô Mierling

Gaúcha, escritora e roteirista. Depois do sucesso no Wattpad, lançou o livro *Diário de uma Escrava* pela Darkside Books. Coordenadora em mais de 30 coletâneas. Colunista de narrativas da *Revista Resonancias* (Argentina/França) e cronista da *Revista Sotaques* (Porto - Portugal). Atua na divulgação e incentivo de leitura e escrita junto à diversos projetos, como Pegaí Escrevendo seu novo livro, a autora divide seu tempo entre Buenos Aires, Porto Alegre e Rio de Janeiro.

Marcus Barcelos

Carioca, é escritor, roteirista e apaixonado por histórias de terror desde criança. Possui diversos contos publicados em antologias e revistas nacionais e internacionais. Seu livro de estreia, *Horror na Colina de Darrington*, publicado pela Faro Editorial, foi o primeiro do gênero a ultrapassar 1 milhão de leituras no Wattpad. Além da literatura, Marcus também tem paixão pelos esportes: é treinador de boxe, atleta de crossfit e surfista nos finais de semana.

Felipe Sali

É autor e jornalista. Graças ao Wattpad, criou um grupo de leitores fiéis que colocaram o seu romance, *Mais Leve Que o Ar*, no primeiro lugar do ranking nacional de fantasia no site. Em 2015, venceu o prêmio Wattys. Mais tarde, recebeu o título de embaixador da plataforma. Foi publicado pela primeira vez em dezembro de 2016, pela Editora Lote 42. Atualmente, mora em São Paulo e trabalha na **Mundo Estranho**, onde apresenta o programa de vídeos #NaEstante.

Editor FELIPE SALI
Editora assitente LETÍCIA GONZALEZ
Projeto Gráfico BRUNA SANCHES
Ilustrações THALES MOLINA
Imagem Capa THALES MOLINA
Revisão MARCELO PARADIZO
Produção Gráfica ANDERSON C.S. DE FARIA

Diretora Editorial Abril ALESSANDRA ZAPPAROLI
Diretor Editorial - Estilo de Vida SÉRGIO GWERCMAN
Diretor de Redação ALEXANDRE VERSIGNASSI
Editor MARCEL NADALE
Editora de Arte BRUNA SANCHES

E23m

Editora Abril
Mundos paralelos. / Editora Abril. – São Paulo: Abril, 2017.
200 p ; il. ; 23 cm.

(Mundo Estranho, ISBN 978-85-5579-167-3)

1. Literatura - Ficção. 2. Literatura - Fantasia. 3. Contos – Ficção científica. I. Título. II. Série.

CDD 808.3876

EDITORA Abril

Av. das Nações Unidas, 7221
05425-902 - Pinheiros - São Paulo - SP - Brasil

Papel CHAMBRIL AVENA
Gráfica PANCROM INDÚSTRIA GRÁFICA
Tiragem 14.286
Fontes BEMBO E RAMA GOTHIC